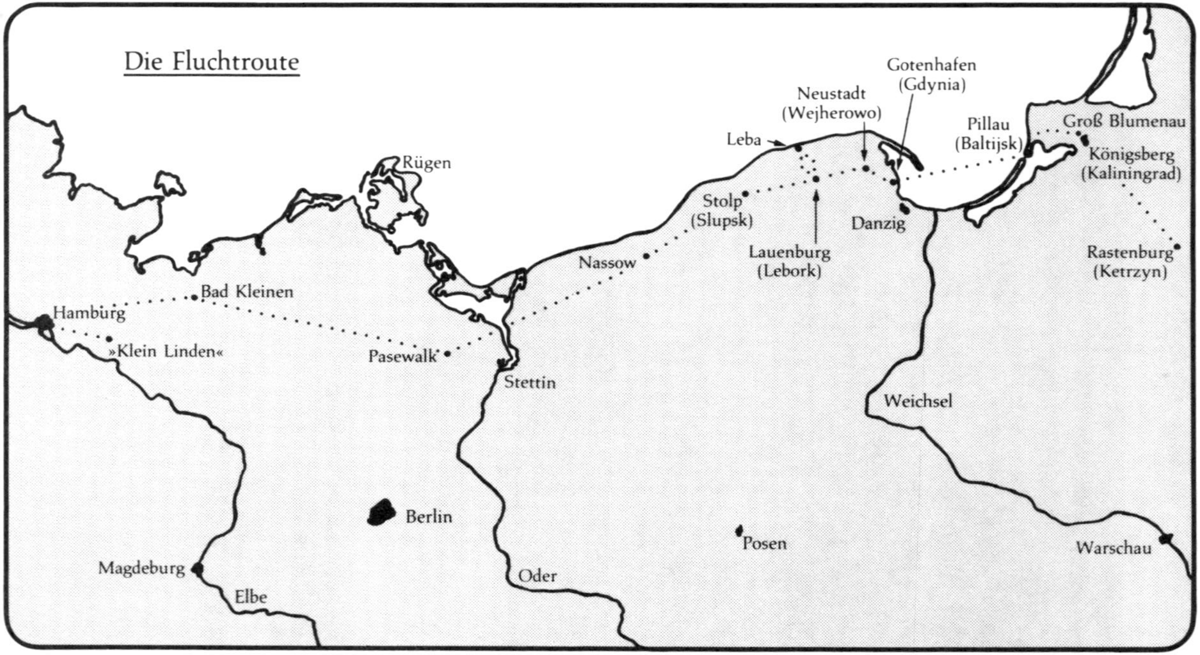

Die Fluchtroute

Marianne Kurtz

Kein Tag zum Bleiben

ENSSLIN & LAIBLIN VERLAG REUTLINGEN

Umschlaggestaltung: Klaus Steffens

 Satz: ensslin-typodienst. Reproduktion: Gröning Reproduktion GmbH, Ditzingen. Gesamtherstellung: May & Co., Darmstadt. Printed in Germany. ISBN 3-7709-0679-9

Auf der Landstraße

Es hatte schon wieder angefangen zu schneien. Ein eisiger Wind, der aus allen Richtungen zu blasen schien, trieb uns die Flocken ins Gesicht. An den Straßenrändern türmte sich der Schnee zu riesigen Bergen.

Unaufhörlich zog der Strom der Flüchtlinge an uns vorbei: Trecks mit Pferdeschlitten und -fuhrwerken, versprengte Soldaten, Frauen, Kinder und alte Männer, die hochbepackte Rodelschlitten und Handwagen zogen.

»Mir ist kalt!« jammerte Reni, die auf unserem größten Koffer saß. Ihr rundes Gesicht unter der blauen Strickmütze war hochrot von dem scharfen Wind. Unter ihrer Nase hatten sich kleine Eiskristalle gebildet.

Ulla reagierte nicht. Sie trat fröstelnd von einem Fuß auf den anderen und spähte unruhig die Chaussee entlang.

Seit einer Stunde standen wir hier. Der Lastwagen, der uns morgens nach langem Warten mitgenommen hatte, war nach wenigen Minuten über eine Schneewehe gefahren und mit gebrochener Achse liegengeblieben.

Jetzt warteten wir auf den Ersatzwagen, der aus Groß-Blumenau geholt werden sollte. Die meisten Flüchtlinge, die mit uns ausgestiegen waren, auch Frau Hack, waren zu dem Gutshaus gegangen, das ein Stück hinter der Straße lag, aber Ulla hatte entschieden: »Wir bleiben hier! Da hinten holt uns sowieso keiner mehr ab.«

»Mir ist kalt!« wiederholte Reni und schob gekränkt die Unterlippe vor.

Ulla wandte den Blick nicht von der Landstraße.

»Bewegt euch ein bißchen!« befahl sie kurz.

»Komm, Renelein«, lockte ich, »Seilchenspringen!«

Aber Renelein wollte nicht. »Mir ist kalt«, erklärte sie fest. »Und ich bin müde. Laß mich, Inge!«

Anne nestelte schon an der Schnur, die an dem Koffer befestigt war. »Mutti hat gesagt, wir sollen nicht mehr sitzen.«

Die Kleine stand auf. Gehorsam bewegte sie die kurzen, dikken Beinchen, während Anne und ich die Kordel schwangen und zählten: »Eene, meene, mapp, und du bist ab!«
Ich stand jetzt in Fluchtrichtung. Dicht an mir vorbei schoben sich gebeugte Rücken und schnaubende Pferde, knirschten Räder auf dem festgestampften Schnee. Am liebsten wäre ich mitgezogen. Worauf sollten wir noch warten! Jeden Augenblick konnte uns die Front überrollen, deren Geschützdonner deutlich zu hören war.
Warum sollte ein Lastwagen ausgerechnet uns mitnehmen, wo es hier von Flüchtlingen wimmelte.
Wenn wir nur unseren Schlitten mitgenommen hätten! Aber so, mit dem Gepäck und den kleinen Kindern, kamen wir keine fünfhundert Meter weit.
Mechanisch schwang ich das Seil, während Anne sang: »Ab bist du noch lange nicht, mußt erst sagen, wie alt du bist.«
»Vier!« brummte Reni. Und dann stolperte sie und mußte den Platz mit ihrer Schwester wechseln.
Fünf Tage waren wir jetzt unterwegs. Es kam mir wie eine Ewigkeit vor.
Plötzlich mußte ich an den letzten Sommer denken, in dem wir die ersten Flüchtlinge gesehen hatten, ohne zu ahnen, daß wir bald auch zu ihnen gehören würden.

Ferien in Hohenstein

In meiner Heimatstadt Rastenburg, am nordöstlichen Ende des deutschen Reiches, in der Provinz Ostpreußen, war es 1944, trotz des nun schon fünf Jahre dauernden Krieges, trügerisch ruhig. In den meisten Familien fehlten zwar die Väter, sie waren entweder gefallen oder kämpften in Polen, Norwegen oder gar Afrika, aber daran hatte man sich gewöhnt. Mein Vater und Ullas Mann waren gleich zu Kriegsbeginn eingezogen worden, Papa dann aber seines Alters wegen wieder entlassen und in der Verwaltung des Hohensteiner Gefangenenlagers eingesetzt worden.
»Alles hat sein Gutes«, pflegte meine Mutter zu sagen, »jetzt hat er wenigstens seinen Wehrsold. Und von der Schaustellerei wären wir im Krieg sowieso nicht satt geworden.«

Mein Vater, der eigentlich aus einer bürgerlichen Familie stammte, hatte schon als junger Mann seine Liebe zum Rummelplatz entdeckt und sich als Schausteller selbständig gemacht. Mit Wohn- und Packwagen, Würfel-, Schieß- und Ballbuden und sogar einem Trecker zog er vom Frühjahr bis zum Herbst durch die ostpreußischen Städte, von Insterburg bis Gumbinnen.

Die Familie zog natürlich mit, und so kam es, daß meine Schwester Ulla, die sechzehn Jahre älter war als ich, fast jede Woche eine andere Schule besuchte. Wie sie es trotzdem verstanden hatte, sich ein beträchtliches Wissen anzueignen, blieb mir ein Rätsel.

Sie wußte besser über Geschichte und Geographie Bescheid als ich, obwohl ich nun schon die fünfte Klasse des Rastenburger Lyzeums besuchte und Ulla nur zur Volksschule gegangen war. In Orthographie war sie so sicher, daß ich ihr immer meine Hausaufgaben zur Kontrolle vorlegte.

Ulla war einfach großartig. Sie beherrschte Stenographie und Maschinenschreiben, sprach etwas Englisch, obwohl sie es nie in der Schule gelernt hatte, spielte Klavier und sah phantastisch aus. Dabei störte nicht einmal die kleine, randlose Brille, die sie auf der Straße trug. Im Gegenteil, sie ließ meine Schwester besonders seriös erscheinen. Niemand hätte in ihr eine Schaustellerstochter vermutet. Ich bewunderte sie glühend und hörte mehr auf sie als auf Mama.

Ulla hatte bestimmt, daß ich regelmäßig die Schule besuchen müsse, und so blieb ich während der Schulzeit in Rastenburg, wo wir im Hause meiner Großmutter unsere feste Wohnung hatten. Oma und Mamas unverheiratete Schwestern Lene und Liese sorgten dann oft mehr für mich als mir lieb war.

In den großen Ferien aber durfte ich der Familie nachfahren. Mein Vater hatte unsere Wagen mit Buden und Karussell nach Hohenstein gebracht. Ganz wollte er auf die Ausübung seines Berufes nicht verzichten und machte die »Geschäfte« so wenigstens im Sommer auf.

Am Stadtrand von Hohenstein war ein großer, freier Platz, auf dem auch gelegentlich Jahrmarkt stattfand. Hier standen die Wagen in den Wintermonaten eng zusammengestellt und gut verschlossen. Im Frühjahr begann mein Vater dann in sei-

ner freien Zeit mit kleinen Reparaturen und dem Aufbau der Buden und des Karussells. Es sprach sich schnell herum, daß es im Sommer einen »Dauerjahrmarkt« gab. So brauchten wir uns über mangelndes Publikum nicht zu beklagen.
Hohenstein selbst war zwar nur ein kleiner Ort von etwa viertausend Einwohnern, keine Kreisstadt wie Rastenburg, aber aus den umliegenden Dörfern kam man gern zu den Wochenenden, um das bunte Treiben auf unserem Rummelplatz zu genießen.
Mama blühte dann richtig auf. Ihr Stand war die Würfelbude, wo sie mit schallender Stimme rief: »Kommen Sie näher, meine Herrschaften! Die Sechzehn gewinnt, die Achtzehn hat die freie Auswahl!« Ich glaube, meine Mutter kam sich wie die Glücksgöttin persönlich vor. Dabei hatte sie überhaupt keinen Einfluß darauf, wie die Würfel fielen.
Die Leute drängten sich, um einen der Hauptgewinne, eine Mamapuppe mit Kulleraugen, einen bunt bemalten Kuchenteller oder eine Sammeltasse zu ergattern. Dabei war es schon wirklich ein Glücksfall, wenn es jemandem gelang, mit drei Würfeln in einem Wurf je eine Sechs zu erzielen. In der Ballbude mußte man versuchen, mit kleinen Bällen einen hohen, kunstvoll aufgetürmten Blechbüchsenstapel zum Einsturz zu bringen. Die Aufgabe von uns Kindern war dabei, nach jedem Wurf die Büchsen wieder aufzustellen und die Bälle zu suchen. Es war eine entsetzlich öde Arbeit, vor der ich mich drückte, wann immer ich konnte.
Gegen die Schießbude hatte Mama eine Abneigung. »Das Geknalle geht mir auf die Nerven«, sagte sie oft. »Aber was hilft's, die Leute wollen es haben.«
Doch machte es ihr Spaß, auch diese Bude herzurichten und bunte Papierblumen an die Wand zu stecken.
Unsere Hauptattraktion war aber das Autokarussell. Es war fast immer vollbesetzt. Hier halfen ältere Schüler aus. Sie sprangen während des Fahrens auf die Wagen und kassierten. Das Geld lieferten sie nach jeder Fahrt bei Ulla ab, die in dem kleinen Kassenhäuschen saß, das am Karussell angebaut war. Das Häuschen hatte zum Karussell hin ein Fenster, durch das meine Schwester beobachten konnte, wie viele Leute mitfuhren. Notwendig war das, damit die Jungen nicht einen Teil des Geldes in die eigene Tasche steckten.

Seit Ulla mit Bert verheiratet war, durfte sie nicht mehr in den Buden stehen. Mein Schwager stammte aus einer Beamtenfamilie, und das Schaustellergewerbe entsprach nicht dem, was man sich in seinen Kreisen unter einem ehrbaren Beruf vorstellte. Immerhin hatte er eingesehen, daß man damit recht gut verdienen konnte. Und als er längere Zeit arbeitslos war, fing er sogar an, bei uns mitzuarbeiten.
Mama, Ulla und ihre beiden kleinen Töchter fuhren schon im Juni nach Hohenstein. Reni ging noch nicht zur Schule, und Anne, die eine sehr eifrige Schülerin war – im Gegensatz zu mir –, durfte für die letzten Schuljahreswochen die erste Klasse in Hohenstein besuchen.
Allein bei Oma und den Tanten kam ich mir ziemlich verlassen vor, trotz meiner Freundin Lore im Nachbarhaus. Darum sehnte ich die großen Ferien herbei. Ich freute mich auf das Wohnwagenleben, die Hohensteiner Freundinnen, die Badeausflüge mit Ulla. Dafür nahm ich schon in Kauf, daß ich manchmal in den Buden aushelfen mußte.
Die Radiomeldungen, die die Erwachsenen aufmerksam verfolgten, ließ ich an mir vorüberrauschen.
Tante Lene berichtete, daß die deutschen Soldaten überall im Rückzug und die Alliierten im Vormarsch seien. »Wir sind die ersten, die sie erwischen«, meinte sie sorgenvoll, »die Russen rücken immer näher.«
Oma erzählte, daß Litauen, das kleine baltische Land, dessen Grenze nur gut hundert Kilometer von uns entfernt war, von russischen Kampfflugzeugen angegriffen worden war und ein Teil der deutschstämmigen Bevölkerung in großen Flüchtlingstrecks nach Westen zog.
Es interessierte mich nicht sonderlich. Zwar kreisten über Rastenburg auch ab und an ein paar russische Flieger, doch da sie keine einzige Bombe fallen ließen, nahm ich sie kaum zur Kenntnis.
Endlich war Ferienbeginn. Ich konnte es kaum erwarten, den Koffer zu packen und in den Zug zu klettern. Sechs herrliche Wochen ohne Mathematik, Englisch und lästige Schulaufgaben erwarteten mich.

Ulla holte mich mit dem Fahrrad vom Bahnhof ab. Wir legten den Koffer auf den Gepäckträger und schoben dann langsam

durch die Stadt. Meine Schwester erzählte die Neuigkeiten der letzten Wochen. Frau Naporra, die bei uns in der Ballbude arbeitete, hatte sich die Hand gebrochen, und Papa hatte ihre Cousine als Ersatz eingestellt. Das Karussell war neu gestrichen, und das Geschäft lief insgesamt gut. Letztes Wochenende hatten sie eine Rekordeinnahme gehabt.
Auf unserem Platz gab es außerdem eine Überraschung. Papa, der gelernter Tischler war, hatte in den Wintermonaten eine kleine hölzerne Veranda gebaut, die unsere beiden Wohnwagen verband.
Hier konnten wir jetzt am Nachmittag sitzen und Kaffee trinken. Es war zwar ein bißchen eng, aber sehr gemütlich, fast luxuriös. Und es machte Spaß, draußen in der Sonne zu sitzen und frischen Pulverkuchen zu essen.

Es war ein schöner, warmer Sommer. Eines Morgens schlug Ulla vor, daß wir einen Tagesausflug machen könnten. Wir packten Kartoffelsalat, Brote und Tee in die grüne Tasche, lagerten auf einer Wiese am Bach und ließen uns von der Sonne bescheinen.
Die Kleinen wateten im Wasser, fingen mit einem Glas einen Stichling und bewunderten ein Storchenpaar, das gravitätisch durch einen Tümpel stolzierte, die langen, spitzen Schnäbel auf Froschsuche ins Wasser getaucht.
»Adebar, Adebar!« rief Reni und klatschte begeistert.
Anne verfolgte die Vögel mit sehnsüchtigen Blicken und bat: »Klapperstorch, du guter, bring mir 'nen kleinen Bruder! Klapperstorch, du bester, bring mir 'ne kleine Schwester!«
»Was soll er nun bringen, Bruder oder Schwester?« fragte Reni.
»Am besten beides«, lautete die Antwort.
Ulla lachte. »Adebar wird sich hüten.«
Wir pflückten einen Arm voll Schwertlilien und Margeriten für Mama und machten uns erst am späten Nachmittag auf den Heimweg.
Als wir in die Landstraße einbogen, sahen wir die Flüchtlinge, eine lange Kolonne.
Sie marschierten diszipliniert und ruhig in Viererreihen. Männer, Frauen, Kinder, Soldaten in russischen und deutschen Uniformen. Einige lenkten Pferdefuhrwerke. Trotz des

warmen Sommerwetters waren sie winterlich vermummt, die Frauen mit dunklen, wollenen Kopftüchern, die Männer mit Pelzmützen.
Wir blieben stehen, ließen sie an uns vorüberziehen und starrten ihnen noch lange nach. Meine Schwester hatte die Lippen fest zusammengepreßt.
»Ulla«, flüsterte ich, »wo wollen die hin?«
»Ich weiß nicht.« Und leise fügte sie hinzu: »Stell dir vor, wir müßten auch einmal so weg.«
Das konnte ich mir nun beim besten Willen nicht vorstellen. Erstens hatten wir kein Pferdefuhrwerk, und dann würden Mama und Ulla bestimmt nicht dunkle, wollene Kopftücher tragen. Sie setzten höchstens einen Federhut auf.
Abends erzählten wir Mama von den Flüchtlingen. Unsere Mutter, die am Herd hantierte, hielt einen Augenblick in ihrer Arbeit inne. »Das waren bestimmt die Litauer«, meinte sie, »die armen Menschen!«
Sie holte ein Taschentuch hervor und fuhr sich über die Augen. Mama konnte immer sehr schnell Tränen vergießen, die aber auch sehr schnell wieder trockneten.
»Meinst du, daß wir auch bald flüchten müssen, Mama?« fragte ich unsicher.
»Wo denkst du hin, Inge!« sagte unsere Mutter entrüstet und steckte das Taschentuch wieder in die Schürzentasche. »Litauen ist Gott sei Dank weit weg.«
»Wie man's nimmt«, warf Ulla ein, »es sind gerade hundert Kilometer bis zur Grenze.«
»Das ist schon ein ordentlich großes Stück«, erklärte meine Mutter fest. Dann stellte sie eine Schüssel mit Bratkartoffeln auf den Tisch und schlug Spiegeleier in die Pfanne.

Am Sonnabend machten wir wie immer die »Geschäfte« auf, wie wir Buden und Karussell nannten. Mama packte Ware aus und stellte neue Preise in die Würfel- und Ballbude. Die Kinder und ich steckten Papierblumen auf die kleinen weißen Röhrchen in der Schießbude und wechselten die zerschossenen Röhrchen aus.
Nachmittags dröhnte Lautsprechermusik über den Platz, auf dem unsere Wagen standen. Das Autokarussell drehte sich, die drei Schüler, die bei uns aushalfen, sprangen auf die fah-

renden Wagen, um zu kassieren, und Ulla saß in ihrem Kassenhäuschen und zählte das Geld. Papa sah abwechselnd in Schieß- und Ballbude nach dem Rechten.

Die Flucht der Litauer war vergessen. Wir machten wieder Tagesausflüge, fuhren mit den Rädern zum Schwimmen und Blaubeerensammeln. Ich besuchte die Hohensteiner Freundinnen, schenkte ihnen Freikarten und traf mich mit ihnen zum Wochenmarkt.
Viel wurde auf dem Markt nicht mehr angeboten. Die meisten Lebensmittel gab es nur auf Marken. Dennoch herrschte am Freitag großer Betrieb in der Stadt, und man traf viele Bekannte. An den Wochenenden mußte ich in der Zeit, in der Mama das Abendessen zubereitete, in der Würfelbude aushelfen. Etwas, was ich nicht besonders gerne tat.

Fluchtvorbereitungen

Als die großen Ferien vorüber waren, fuhr ich mit Ulla und den Kindern zurück nach Rastenburg. Mama blieb noch eine Woche, um beim Abbau und Verpacken der Buden und des Karussells zu helfen.
Tante Anni schrieb aus Berlin: »Ihr in Ostpreußen habt vom Krieg überhaupt keine Ahnung.« Sie berichtete von Bombenangriffen, brennenden Häusern, Toten und Verletzten. Aber ihr und Tante Auguste war nichts passiert.
Berlin war weit weg, und weder in Hohenstein noch in Rastenburg fielen Bomben.
Das einzige, was mich an den Krieg erinnerte, war die Tatsache, daß Papa und Bert, Ullas Mann, nicht mehr bei uns waren. Papa mußte in Hohenstein bleiben, und Bert, der vor kurzem aus Rußland zurückgekehrt war, wurde in Allenstein in einem dreimonatigen Lehrgang zum Panzerfahrer ausgebildet. Doch dann wurde Königsberg bombardiert, unsere ostpreußische Hauptstadt. Papas Schwester Lotte, die völlig verstört in Omas Haus Unterschlupf suchte, schilderte, wie furchtbar Königsberg gelitten hatte, wie viele Häuser zerstört und niedergebrannt, wie viele Menschen ums Leben gekommen waren.

Ihre Wohnung war unversehrt geblieben, und da keine neuen Angriffe folgten, fuhr sie nach einiger Zeit zurück.
Ich hatte entsetzliche Angst, daß bei uns auch Bomben fallen könnten. Aber Ulla beruhigte mich: »Rastenburg ist für die Russen völlig uninteressant. Es ist eine ganz gewöhnliche Kreisstadt von noch nicht einmal zwanzigtausend Einwohnern. Die bombardieren ganz sicher nur Großstädte.«

Der Herbst war warm und sonnig. Mit Ulla und den Kindern machte ich Spaziergänge in die Guberberge, und mit meiner Freundin Lore sammelte ich Kastanien, die wir in der Sonne trocknen ließen. Wir pflückten Hagebutten und Erdbeerblätter und lieferten alles in der Schule ab. Weil die Lebensmittel in Deutschland immer knapper wurden, mußten auch die wildwachsenden Früchte verwertet werden.
Lore kannte ich von der ersten Klasse an. Sie war nur ein halbes Jahr älter, also fünfzehn, aber einen Kopf größer als ich, breit und kräftig, mit zarter weißer Haut, rosigen Wangen und pechschwarzen dicken Zöpfen.
»Schneewittchen« wurde sie in der Schule genannt. Lore ließ sich das gern gefallen. Sie war immer gut gelaunt.
»Eine richtige Lachtaube«, sagte Tante Lene, die selber meist griesgrämig und mißbilligend dreinblickte. Nicht einmal schlechte Noten konnten Lore erschüttern. Eine Fünf in Englisch nahm sie ebenso gelassen hin, wie den Tadel unserer Klassenlehrerin wegen ihres ständigen Kicherns im Unterricht. Lore half auch bei der Pflaumen- und Kartoffelernte in Omas Garten. Mama schenkte ihr dafür einen großen Eimer mit Pflaumen und kochte selbst viele Gläser Mus ein, während Tante Lene und Liese den Acker umgruben.
Die Spalten mit Todesanzeigen gefallener Soldaten in der Tageszeitung wurden immer dichter. Es war niemand darunter, der mir nahestand, aber Ulla verlor Freunde und Bekannte. Der zwanzigjährige Sohn ihrer Nachbarin, der bei der Marine war, kam bei einer Minenexplosion in der Ostsee bei Swinemünde ums Leben und wurde Wochen später an Land getrieben. Der Verlobte ihrer Freundin fiel drei Tage vor der geplanten Hochzeit.
»Bald haben wir keinen einzigen Mann mehr in der Stadt«, sagte meine Schwester düster, »alle tot oder draußen im Feld,

wer weiß wo. Wenn nur dieser verfluchte Krieg endlich vorbei wäre!«
Wir hatten wundervolle Pläne für die Zeit nach dem Krieg. Ulla und Bert würden von ihren Ersparnissen, mit Mamas und Papas Unterstützung, ein großes Haus mit einer Bäckerei bauen, in dem wir alle wohnen würden. Meine Eltern würden das Herumziehen aufgeben und im Geschäft mithelfen. Bert, der gelernter Konditor war, würde die herrlichsten Torten backen, mit Sahne, Buttercreme und Mandeln. Ich selbst würde spätestens nach der zehnten Klasse mit der Schule aufhören und in der Bäckerei verkaufen.
Zwar hatte ich noch mit niemandem darüber gesprochen, aber es schien mir kaum denkbar, daß ich weiter englische Vokabeln lernen sollte, während alle anderen am Aufbau unserer neuen Existenz arbeiteten.

In der zweiten Januarwoche 1945 trafen die ersten Flüchtlinge in Rastenburg ein, doch beunruhigte uns das zunächst noch nicht. Sie kamen von weit her, aus den Grenzkreisen Johannisburg, Sensburg und Lyck, und ihre Berichte klangen wie Schauermärchen von weit weg. Die Flüchtlinge wurden in den Turnhallen der Volksschulen und schließlich im Lyzeum untergebracht. Wir hatten keinen Unterricht mehr, und statt Mathematik zu lernen, schälten wir mit unserer Klassenlehrerin Kartoffeln. Wir saßen im Kreis, wetteiferten, wer die dünnsten Schalen hatte und sangen: »Die Morgenfrühe, das ist unsere Zeit.«
Am 14. Januar fuhr Ulla für drei Tage nach Allenstein, um Bert zu besuchen. Er war mit seiner Ausbildung zum Panzerfahrer fertig, und seine Truppe wartete täglich auf ihren Einsatz. Nach ihrer Rückkehr begann Ulla, große Pakete mit Bett- und Tischwäsche, Fotoalben, Sommerkleidung und vor allem Berts Sachen zu packen. Sie belud unseren größten Schlitten und zog an mehreren aufeinanderfolgenden Tagen zur Post. Alles sollte vor einer möglichen Bombardierung in Sicherheit gebracht werden und wurde nach Bad Freienwalde an die Frau eines Kriegskameraden von Bert geschickt.
Bad Freienwalde lag in der Mark Brandenburg, ganz in der Nähe von Berlin, mehr als vierhundert Kilometer westlich. Da es – im Gegensatz zur Reichshauptstadt – nur ein

unbedeutender Ort war, schien es unwahrscheinlich, daß es je ein Angriffsziel für Kampfflugzeuge werden könnte.
»Du hättest mit den Kindern längst weg sein sollen«, sagte Tante Lene vorwurfsvoll, als wir, wie jeden Abend in den letzten Tagen, dicht zusammengedrängt in Omas Zimmer saßen und den Hiobsbotschaften lauschten, die aus dem schwarzen Volksempfänger auf der Kommode drangen.
Und mit leisem Triumph in der Stimme fügte sie hinzu: »Jetzt ist es zu spät.«
Tante Liese nickte beifällig. Sie nickte immer beifällig, wenn ihre ältere Schwester etwas sagte.
»Der liebe Gott wird schon sorgen«, meinte meine Mutter, deren Zuversicht auch in schwierigen Lebenslagen nicht zu erschüttern war.
Sie ließ den lieben Gott häufig für irgend etwas sorgen, für Briketts und Kleinholz, für neue Schuhe für meine ständig wachsenden Füße, für den Gänsebraten zum Weihnachtsfest, für Bruder und Schwiegersohn an der Front. Und bisher hatte sie sich auch immer darauf verlassen können.
»Wir werden bestimmt alle evakuiert«, sagte Frau Handke, die bei Oma zur Miete wohnte, zuversichtlich. »Die Kranken zuerst.«
»Von wem wohl, meine Liebe?« fragte Tante Lene spitz. »Wir werden eher zu Fuß aus der Stadt gehen müssen, falls dazu noch Zeit ist.«
Frau Handke begann zu jammern. Sie hatte einen Bluterguß am rechten Bein und konnte nur humpeln. An eine Flucht zu Fuß war bei ihr nicht zu denken.
»Regen Sie sich doch nicht auf, Frau Handke«, beruhigte sie Ulla. »Wir sind noch überhaupt nicht gefährdet. Man würde uns doch nicht laufend neue Flüchtlinge bringen, wenn sie hier nicht sicher wären. Auch die Lazarette und das Krankenhaus sind noch nicht geräumt.«
Gerade kam die Meldung durch, der Allensteiner Bahnhof sei bombardiert worden. Ulla wurde ganz blaß, und ich bekam einen Riesenschrecken. Allenstein war nicht Johannisburg oder Lyck, Allenstein war ganz nah, gerade sechzig Kilometer entfernt. Bert lag da mit seiner Truppe, und Ullas Schwägerin wohnte dort. Sie hatte vor kurzem eine kleine Tochter bekommen.

Ulla stand auf. »Ich versuche mal, von Jandoleits aus in Barten anzurufen.«
Eine Telefonverbindung nach Barten, wo Ullas Schwiegermutter wohnte, von der wir uns eine Nachricht über die Allensteiner erhofften, kam nicht zustande. Wahrscheinlich waren die Telefonleitungen schon zerstört.
Als wir am nächsten Abend wieder bei Oma saßen, berichtete Tante Lene, daß die Allensteiner Bevölkerung dabei war, die Stadt zu verlassen, zu Fuß, mit Schlitten oder Handwagen. Das bedeutete, daß die russischen Panzer schon ganz dicht vor der Stadt waren.
Frau Handke brach in Tränen aus und rieb sich das Bein.
Ulla runzelte grüblerisch die Stirn. Bestimmt dachte sie an Bert, der jetzt mitten im Kampfgebiet war.
»Unser Bahnhof ist noch nicht bombardiert«, überlegte Mama. »Du solltest wirklich mit den Kindern wegfahren.«
»Wenn sie noch einen Zug bekommen«, sagte Tante Lene besorgt. »Seit der Bombardierung von Allenstein ist auch bei uns der Bahnverkehr abgebrochen. Man kann jetzt nur noch über Königsberg oder Wormditt weg. Und da ist es fast ausgeschlossen, mit den Zügen mitzukommen. Ich meine, auf mich kommt es ja nicht so an, aber . . .«
Das waren völlig neue Töne! Sonst kam es immer auf Tante Lene an, sogar beim Backen der Flinsen, wie man in Rastenburg die Kartoffelplinsen nannte. Sie probierte stets als erste, um zu entscheiden, ob noch nachgewürzt werden muß.
»Wir sitzen richtig im Kessel«, jammerte Frau Handke. »Um uns herum wird an allen Seiten gekämpft. Wo sollen wir da noch durchkommen?«
Ulla sagte bestürzt: »Daß man über Allenstein nicht mehr wegkann, hatte ich gar nicht in Betracht gezogen.«
Ein beklemmendes Schweigen begann sich auszubreiten. Ich hatte das Gefühl, jeder überlegte krampfhaft, was er Tröstliches sagen könnte. Doch keinem fiel etwas ein, nicht einmal Mama.
Ich hatte mich bisher ganz auf Ulla verlassen. Wenn Ulla sagte, wir seien noch in keiner Weise gefährdet, dann waren wir auch nicht gefährdet. Aber jetzt sah meine Schwester bedrückt aus. Vielleicht hatte sie bisher die Gefährlichkeit unserer Lage unterschätzt.

»Du kannst die Äpfel aus dem Keller holen«, sagte Oma plötzlich.
Überrascht blickte ich auf. Mit der spärlichen Ernte von ihrem einzigen Apfelbaum war Oma sonst sehr knauserig. Aber heute wurden für jeden zwei abgezählt und in die Backröhre des großen Kachelofens geschoben.
Bald zog der süße Duft geschmorter Äpfel durch den kleinen Raum.
Oma nahm Reni auf den Schoß und erzählte »vom Büblein auf dem Eis«:

»Gefroren hat es heuer
noch gar kein festes Eis.
Das Büblein steht am Weiher
und spricht so zu sich leis:
Das Eis, das muß doch tragen,
ich will es einmal wagen,
wer weiß!
Das Büblein stampft und hacket
mit seinem Stiefelein . . .«

Reni, die den Blick nicht von den sich braun färbenden Äpfeln im Ofen ließ, hörte nur mit halbem Ohr zu. Anne aber, die auf einer Fußbank saß, hing gebannt an ihren Lippen. Sie konnte von Geschichten nie genug bekommen, auch wenn sie sie schon hundertmal gehört hatte, und als Oma ihre Stimme anschwellen ließ und dramatisch schilderte:

»Das Eis auf einmal knacket,
und plötzlich bricht es ein . . .«,

seufzte sie tief auf. Tröstend fuhr meine Großmutter fort:

»Wär' nicht ein Mann gekommen,
hätt' es beim Schopf genommen,
wer weiß . . .«

Die Bratäpfel wollten mir nicht recht schmecken. Ich verbrannte mir die Zunge und kaute lustlos an dem Gehäuse.
Ulla brach bald auf. Die Kinder mußten ins Bett.
Ich begleitete sie noch nach Hause. Es war ja nicht weit, keine fünf Minuten. Nur die Schützenstraße hinunter und dann um die Ecke.
»Was meinst du, Ulla«, fragte ich, während ich mich bei ihr einhakte, »sollen wir fahren? Sieben Mädchen aus meiner Klasse sind schon weg, und die Allensteiner . . .«

»Warte, bis die Kinder schlafen, Inge«, sagte meine Schwester kurz.
Anne und Reni fielen schon die Augen zu. Sie plumpsten ins Bett wie kleine Mehlsäcke. Wir waren den ganzen Tag in Omas Garten Schlitten gefahren.
Als die Kinder eingeschlafen waren, kochte Ulla Kaffee. Das bedeutete, daß sie noch lange aufbleiben wollte. »Wir werden für alle Fälle schon mal unsere Sachen packen«, sagte sie, während sie die Tassen auf den Tisch stellte, »nur das Nötigste. Und wenn wir fahren sollten, zieh dich doppelt an, auch die Unterwäsche. Das hält zum einen warm, und dann hast du auch gleich etwas mehr an Kleidung. Viel können wir sowieso nicht tragen. Schließlich haben wir die Kinder.«
»Aber wohin sollen wir fahren?« fragte ich aufgeregt.
Ulla sah mich erstaunt an. »Na, nach Berlin natürlich, zu Tante Anni. Wir haben doch sonst niemanden außerhalb Ostpreußens.«
Berlin – das war das Zauberwort. Berlin war die Stadt voller Straßenbahnen – »Elektrische«, wie Mama sie nannte – mit Kinos an jeder Straßenecke, mit dem Ku'damm, dem Grunewald, Kaffee bei Kranzler und Geschäften mit herrlichen Auslagen in den Schaufenstern. Hier hatten Mama und ihre Schwestern ihre Mädchenjahre verbracht und Schneiderei gelernt. Hier wohnten Tante Anni und Tante Auguste, von denen, trotz Kriegszeiten, Pakete mit wundervollen Sachen kamen: Schokolade und Marzipan, Jungmädchenbücher, ein kunstseidenes Nachthemd mit Rosenstickerei, ein Pelzjäckchen für Reni. Tante Anni war Kürschnerin. Da kam sie leicht an Pelzreste heran, und ich wünschte mir glühend, daß die Reste auch einmal für mich reichen würden.
Vielleicht würde jetzt etwas daraus werden, wenn wir alle da waren und Tante Anni täglich sehen konnte, wie schäbig und abgetragen der Mantel aussah, den ich von Ulla geerbt hatte.
Gutgelaunt machte ich mich auf den Heimweg, wohlig durchwärmt von dem Kaffee, den Ulla schwesterlich mit mir geteilt hatte.
Als ich ins Haus stürmte, prallte ich beinahe gegen Tante Liese, die gerade aus ihrer Wohnungstür trat.
»Wir fahren nach Berlin!« schrie ich. »Morgen erkundigen wir uns schon nach den Zügen.«

Mamas Schwester kräuselte verächtlich die Lippen. Berlin hatte ihr eine elegante Garderobe, ein uneheliches Kind und jahrelange Verstoßung aus dem Elternhaus eingebracht. Es zog sie nichts dahin zurück. »In Berlin fallen Bomben wie Vogeldreck«, sagte sie giftig. »Da seid ihr gerade richtig.« Sie schloß geräuschvoll die Tür hinter sich.
Meine Hochstimmung war verflogen. Sie hatte ja recht. Wie hatte ich nur Tante Annis Berichte über die Fliegerangriffe vergessen können! Vielleicht lebten die Berliner Tanten gar nicht mehr. Vielleicht war ihr Haus gerade in diesem Augenblick getroffen worden.
Mama beruhigte mich. Der liebe Gott hatte ganz sicher für die Tanten gesorgt. Und Berlin war immer noch eine Weltstadt, die zu sehen es sich lohnte. Daran konnten auch Krieg und Bombardement nichts ändern.
Getröstet schlief ich ein.

Am nächsten Tag verabredete ich mich mit Lore zum Schlittschuhlaufen auf dem Oberteich. Während wir nebeneinander unsere Bogen schnitten, erzählte ich ihr von der geplanten Reise.
»Fahrt doch auch mit, Lore«, drängte ich. »Stell dir vor, jeden Augenblick können die Russen hier sein. Bis Allenstein sind es doch nur sechzig Kilometer.«
Meine Freundin schüttelte den Kopf. »Meine Mutter sagt, das ist alles Panikmache. Bis hierher kommen die Russen bestimmt nicht. Die sind wahrscheinlich schon lange wieder zurückgeschlagen.«
»Aber sie können uns bombardieren!« rief ich.
»Ach«, sagte Lore sorglos. »Wir haben doch einen prima Luftschutzkeller.« Das stimmte. Der Keller in Lores Haus war viel stabiler als unserer.
»Wir haben keine Verwandten außerhalb von Ostpreußen«, fuhr meine Freundin fort, »wo sollen wir also hin?«
Ich überlegte. »Vielleicht könntet ihr mit zu unseren Berliner Tanten.«
Aber das erschien meiner Freundin nicht sehr erstrebenswert. »Ehe ich nach Berlin fahre, kann ich mich auch gleich hier bombardieren lassen. Paß auf, ich mach' jetzt einen Achter!« Sie drehte sich mit einem eleganten Schwung und jagte über

das Eis. Als ich Ulla von dem Gespräch erzählte, meinte sie nur: »Jeder hat eben seine eigene Meinung. Wir werden uns jedenfalls danach erkundigen, wann Züge nach Berlin fahren.«

Am Sonntag nachmittag ging ich mit Ulla zum Bahnhof. Die Kinder hatten wir bei Mama gelassen. Es war ein kalter, trüber Tag, der Himmel grau und wolkenverhangen.

Ulla ging ungewohnt langsam. Wir trafen kaum jemanden. Der Bahnhof wirkte düster, wie ausgestorben. Rechts neben dem Gebäude, auf dem großen, freien Platz, türmten sich Gepäckstücke: Koffer, Decken, Bündel, Federbetten. Die Besitzer waren entweder zur Flüchtlingssammelstelle gegangen oder schon mit dem Zug fort. Auch die Bahnhofshalle war menschenleer, der Fahrkartenschalter geschlossen.

Wir studierten die Fahrpläne, suchten die Abfahrt nach Königsberg. In Königsberg mußte man umsteigen, wenn man nach Berlin wollte.

»Das können Sie sich sparen. Da fährt nichts mehr.«

Ich zuckte zusammen. Hinter uns stand eine alte Frau. Sie sah fast wie Oma aus, groß und hager, mit schwarzem Kopftuch. Wir erfuhren, daß sie aus Styrlack, Kreis Lötzen, kam und auf einen Anschlußzug nach Königsberg wartete.

»Gestern kam ein Zug durch«, beklagte sie sich. »Aber da waren wir gerade in der Stadt zum Essenholen.«

Unschlüssig blieben wir noch eine Weile stehen. Vielleicht kam ja doch noch ein Bahnbeamter vorbei, den man hätte fragen können. Es war schon dunkel, als wir heimgingen.

Als wir am Montag abend in Omas Zimmer saßen, erzählte Ulla, daß sich Frau Suddig heute verabschiedet habe. Ihr Mann hatte für sie eine Mitfahrgelegenheit in einem Personenwagen besorgt.

Frau Suddig war die Frau des Stadtinspektors, der im selben Haus wie Ulla wohnte. Er hatte uns ausrichten lassen, wenn wir eine Möglichkeit hätten, aus Rastenburg herauszukommen, sollten wir es sofort tun. Die Lage sei sehr ernst.

»Wir haben keine Beziehungen«, sagte Tante Lene bissig, »und auch kein Personenauto. Wir müssen schon alle hierbleiben.«

Frau Handke fing an zu weinen. Ich hätte am liebsten auch geweint. Und Oma sah plötzlich sehr müde aus.

Der letzte Zug

Am Dienstag fehlte über die Hälfte der Mädchen aus meiner Klasse. Auch unsere Klassenlehrerin war nicht mehr da. Wir wurden jetzt von Frau Müller, der Englischlehrerin, betreut. Ich war so zerstreut, daß ich mir beim Kartoffelschälen in den Finger schnitt. Es blutete heftig, ich verbrauchte mehrere Pflaster, und Frau Müller schickte mich nach Hause. »Auf eine mehr oder weniger kommt es jetzt auch nicht an.«
Ich schaute noch schnell bei Ulla und den Kindern vorbei. Sie saßen noch am Frühstückstisch, was mich sehr verwunderte. Schließlich war es schon nach elf.
»Rosel Jandoleit war gerade hier«, berichtete Reni wichtig. »Sie hat gesagt, heute mittag kommt ein Lazarettzug durch. Mit dem können wir nach Berlin fahren.«
Ulla, die geistesabwesend in ihrer Tasse gerührt hatte, sprang entschlossen auf. »Lauf zu Mama und sag, sie soll packen. Wir müssen so schnell wie möglich weg.«
In Omas Haus roch es durchdringend nach heißer Seifenlauge. Mama lief mit hochgekrempelten Ärmeln treppab, treppauf, von der Waschküche zum Hängeboden.
»Wegfahren?« fragte sie entgeistert. »Wie stellst du dir das vor? Ich bin mitten in der Wäsche. Aber du fährst auf jeden Fall mit. Wenn ihr in Berlin seid, gebt gleich Bescheid. Wir kommen dann bald nach.« Sie strich sich eine Strähne ihres grauen Haars zurück, die sich aus dem Knoten gelöst hatte. »Lauf gleich der Ulla Bescheid sagen. Ich packe deine Sachen und mache die Stullen fertig.«
»Ich habe doch schon seit drei Tagen den Koffer gepackt, Mama«, sagte ich. »Aber ich muß mich noch doppelt anziehen, hat Ulla gesagt. Das tun alle Flüchtlinge.« Hastig zog ich frische Wäsche an und warf die gebrauchte achtlos in die Ecke. Wer auf die Flucht ging, brauchte nicht mehr aufzuräumen. Dann versuchte ich, zwei Paar Kniestrümpfe übereinanderzuziehen. Aber das gelang nicht. Die Schuhe waren schon mit einem Paar recht knapp.

»Mach schon!« drängte Mama. »Sonst verpaßt ihr den Zug.«
Ulla hatte schon Hut und Brille auf, als sie mir die Tür öffnete. Sie war reisefertig.
In der Küche standen ein großer und ein kleiner Lederkoffer sowie Berts großer Holzkoffer und die grüne Reisetasche mit dem Reißverschluß. Darüber lag zusammengefaltet die Kamelhaardecke, die wir immer nach Hohenstein mitnahmen.
Reni trug den kleinen Rucksack auf dem Rücken, den Ulla mir oft für Wandertage ausgeliehen hatte. Wie sie mir erzählte, waren darin ihre Puppe Hanni, das Bilderbuch vom Suppenkasper, drei Paar Kniestrümpfe und die rote Strickjacke, die ich für sie im Handarbeitsunterricht angefertigt hatte.
Ulla war von Mamas Entschluß hierzubleiben alles andere als begeistert. »Dies ist vielleicht die letzte Gelegenheit.«
»Es ist nicht nur wegen der Wäsche«, versuchte ich zu erklären. »Ich glaube, es ist vor allem wegen Oma.«
»Oma hat auch noch Tante Liese und Lene«, sagte meine Schwester ärgerlich. »Außerdem könnte sie auch mitfahren.«
Aber sie wußte genausogut wie ich, daß unsere Großmutter ihr Haus nicht verlassen würde. Sie war jetzt siebenundachtzig, kein Alter mehr, um auf Reisen zu gehen.
Ich sah mich nach Anne um. Sie kniete im Wohnzimmer auf dem Fußboden und packte ihre Schulmappe.
»Das Kind bringt mich noch zur Verzweiflung«, sagte Ulla seufzend. »Sie hat jetzt schon zum xten Mal umgepackt.«
Anne, die gerade zwei Bücher abschätzend in der Hand hielt, entschied sich mit einem bedauernden Blick auf das zurückbleibende für das dickste: »Hauffs schönste Kindermärchen«. Dann versuchte sie, den prall gefüllten Tornister zu schließen, was ihr nur mit Ullas Hilfe gelang.
»Es ist so schwer«, vertraute sie mir an. »Mutti hat gesagt, ich darf mein Lieblingsbuch mitnehmen. Das ist ‚Peterchens Mondfahrt'. Aber ‚Hauffs Märchen' sind dicker.«
Sie tat mir leid. Ich wußte, wie sie an ihren Büchern hing.
»Du kennst doch sowieso fast alle Märchen auswendig.«
Aber das war für meine kleine Nichte, die stundenlang dieselben Geschichten lesen konnte, ein schwacher Trost.
Ulla griff zu den Koffern. Auf dem Küchentisch stand immer noch das Frühstücksgeschirr. Nicht einmal die Milch hatte meine Schwester weggestellt.

»Räumen wir denn nicht ab?« fragte Reni, als ihre Mutter sie aus der Tür schob.
Ulla schüttelte den Kopf. Sie warf keinen Blick zurück.

Mama stand schon mit dem Schlitten vor der Tür, als wir aus dem Haus traten. »Ich bringe euch noch die Koffer zum Bahnhof.«
Wir banden das Gepäck auf dem Schlitten fest. Die Decke legten wir lose darüber. Die Koffer waren fast zu groß für den Schlitten. Ulla mußte sie festhalten, damit sie nicht hinunterrutschten.
Mama zog. Das ließ sie sich nicht nehmen. »Ihr könnt später noch genug schleppen.«
In der Schützenstraße hielten wir an, um meine beiden Köfferchen und die Wolldecke zu holen und uns von Oma und den Tanten zu verabschieden. Oma schenkte uns jedem drei Äpfel, und Frau Handke sagte: »Wenn ihr wirklich heute wegkommt, fahren wir gleich mit dem nächsten Zug hinterher.« Sie war gefaßt, wahrscheinlich weil Mama dablieb.
Wir verstauten mein Gepäck auf dem Schlitten. Tante Lene holte eine zweite Kordel aus dem Haus und half uns beim Festbinden. »Hoffentlich kommt wirklich noch ein Zug«, meinte sie sorgenvoll und winkte noch lange zum Abschied.
Ich wäre noch gern zu Lore hochgelaufen. Vielleicht war sie ja schon aus der Schule zurück. Aber Ulla meinte, ich solle ihr lieber aus Berlin schreiben. Wir könnten uns keinen Zeitverlust mehr leisten.
Es war ein schöner, klarer Tag, wie geschaffen zum Rodeln in Omas Garten. Die Mittagssonne wärmte uns in unserer doppelten Kleidung und glitzerte in den Schneekrusten auf Zäunen und Dächern.
Es war ein Tag zum Bleiben, nicht zum Gehen.
Ein kleines Stück ging es bergauf. Da mußten Ulla und ich beim Schieben helfen. Doch den Schützenberg hinunter geriet der Schlitten ins Rutschen, und wir mußten aufpassen, die Koffer nicht zu verlieren.
Wir begegneten Kindern mit Rodelschlitten, Frauen mit Einkaufstaschen. Es sah alles ganz friedlich aus. Nichts deutete auf einen allgemeinen Aufbruch hin, wie wir es von den Allensteinern gehört hatten.

Unser Entschluß erschien mir plötzlich töricht und übereilt. Als wir an Grambergs Mühlen vorbeischoben, kam uns jemand auf Skiern entgegen. Es war Siegfried Schimanski, Lores Bruder. Er war eine Klasse unter mir.
Siegfried grinste, als er uns mit dem Gepäck sah. Er grüßte übertrieben höflich, schlängelte sich dann dicht an mir vorbei und fragte spöttisch: »Na, willste auf Wanderschaft?«
Ich hätte ihm am liebsten die Zunge herausgestreckt, aber da fing Ullas großer Koffer an zu rutschen, und Mama schrie: »Paß auf, halt ihn fest!«
Siegfrieds Lachen klang mir noch in den Ohren, als wir längst in die Bahnhofstraße eingebogen waren. An der Schranke kamen uns Jandoleits entgegen. Rosel trug die Koffer, während Bärbel ihre kleine, gehbehinderte Mutter stützte.
»Es fährt kein Zug mehr«, erklärte Rosel und stellte die Koffer ab. »Wir haben schon eine ganze Weile gewartet.«
Ihre Mutter nickte zufrieden. Sie hatte sowieso nicht flüchten wollen. »Am besten kommen Sie gleich wieder mit«, schlug sie vor.
»Ja, Ulla, komm, laß uns zurückgehen!« drängte ich.
Mama sah unschlüssig von einem zum anderen. »Ja, Ullachen . . .«, meinte sie zögernd.
Meine Schwester betrachtete nachdenklich den bepackten Schlitten und ihre dick vermummten kleinen Mädchen. Es waren nur noch wenige Meter bis zum Bahnhof.
»Jetzt sind wir schon mal mit Sack und Pack hier, jetzt warten wir auch noch eine Weile«, entschied sie. »Vielleicht kommt ja doch noch ein Zug.«
Der Bahnhof bot ein ähnliches Bild wie am Sonntag – abgestellte, übereinandergestapelte Gepäckstücke draußen und drinnen. Heute waren aber auch Menschen da, vereinzelte Grüppchen von Wartenden, die müde und abgespannt aussahen. Insgesamt war es nicht so voll, wie ich gedacht hatte. Ein Teil der Flüchtlinge war vermutlich zur Sammelstelle gegangen, um Essen oder Nachtquartier zu besorgen. Man diskutierte erregt, ob noch Aussichten beständen, daß ein Zug käme. Mama wollte mit uns warten. Die Wäsche hatte sie anscheinend vergessen.
Wir standen noch keine halbe Stunde, da ging ein Gemurmel durch die Halle, daß ein Lazarettzug durchkomme. Unru-

he breitete sich aus. Menschen drängten auf den Bahnsteig. Mama und Ulla drängten mit. Den leeren Schlitten hatten sie achtlos in eine Ecke geschoben.
Als der Zug dampfend einrollte, war der Bahnsteig plötzlich voller Menschen. Es waren viel mehr, als vorher in der Halle gewartet hatten. Die Nachricht von der Ankunft des Zuges mußte sich im Nu herumgesprochen haben.
Über das Gewimmel tönte die zackige Kommandostimme eines Soldaten: »Bitte nicht einsteigen! Der Zug ist nur für Wehrmachtsangehörige.«
Der kurze Befehl genügte. Es gab keinen Ansturm auf die Trittbretter. Die Leute blieben unschlüssig stehen, nur hier und da halblaute Proteste: »Die Wagen sind doch fast leer.« Einige Hartnäckige, die trotz des Verbots einsteigen wollten, wurden von den Sanitätern abgewehrt. »Bitte, meine Herrschaften, warten Sie auf einen anderen Zug. Diese Wagen sind nur für Verwundete.«
Es herrschte noch kein Chaos auf dem Rastenburger Bahnhof. Die meisten Leute ließen sich zurückweisen. Den Verwundeten konnten sie schließlich nicht die Plätze wegnehmen.
Der Zug stand etwa eine halbe Stunde. In dieser Zeit gelang es einzelnen, sich unbemerkt in die Abteile zu schmuggeln. Eine Frau in braunem Pelzmantel verschwand mit ihrem kleinen Mädchen plötzlich im vorletzten Wagen.
Die Umstehenden regten sich auf. »Wenn keiner mitdarf, dann auch keine Frau im Pelzmantel!« Sie bestürmten den Soldaten mit der Kommandostimme, der versuchte, die empörte Menge zu beruhigen.
»Holen Sie die Frau mit dem Pelzmantel wieder raus!«
Aber diese blieb unauffindbar. Wahrscheinlich hatte sie das verräterische Kleidungsstück längst ausgezogen.
Ulla hatte noch nicht aufgegeben. Sie marschierte im Eilschritt immer wieder den Zug entlang, die beiden Mädchen fest an der Hand, und spähte in die Abteile. »Da ist noch massig Platz«, sagte sie erbost. »Und wenn Platz ist, kommen wir auch mit.«
Mama und ich liefen mit den Koffern hinterdrein, von einem Ende des Zuges zum anderen.
Ein Trittbrett war unbewacht. Ulla hatte Reni schon hochgehoben, da erschien ein grauhaariger Soldat.

»Bitte, meine Dame«, sagte er liebenswürdig und reichte Reni wieder nach unten, »haben Sie Verständnis. Hier darf niemand herein.«
»Aber es ist doch Platz!« rief Ulla empört. »Und ich habe drei Kinder.« Sie zog mich zu sich und blickte anklagend zu dem Soldaten empor, der mit bedauerndem Lächeln die Tür schloß. »Es tut mir leid. Befehl ist Befehl.«
Während der Mann hinter der Tür stehenblieb, um weitere Eindringlinge abzuwehren, waren wir schon zum anderen Ende des Waggons gelaufen. Hier stand niemand. Ulla hob die Kleinen auf das Trittbrett, ich kletterte hinterher.
»Hier ist sicher noch etwas Platz für meine Kinder«, sagte meine Schwester, ohne eine Antwort abzuwarten, und schob uns in das erste Abteil. Dann ging sie wieder zur Tür und ließ sich von Mama das Gepäck hochreichen.
Die auf dem Bahnsteig Wartenden murrten. Schon wieder hatte es jemand geschafft. Aber Ulla trug keinen provozierenden Pelzmantel, und Mama beschwichtigte: »Es geht doch nur um die Kinder!«
»Komm, Mama!« drängte Ulla. »Steig ein! Dies ist vielleicht die letzte Gelegenheit.«
Mama schüttelte den Kopf. »Ich habe nichts eingepackt.«
»In Berlin . . .«, sagte Ulla hilflos.
»Ich komme gleich nach, wenn ihr in Berlin seid«, versicherte meine Mutter. »Ich muß nur zu Hause erst alles in Ordnung bringen. Schickt ein Telegramm, wenn ihr angekommen seid. Und grüßt schön in Berlin von mir. Und mach die Tür zu, Ullachen, der Zug fährt gleich ab.«
Ulla schloß die Tür und stellte sich zu mir ans geöffnete Fenster. Der Zug setzte sich in Bewegung. Mama in ihrem blauen Mantel mit dem Sonntagshut wurde kleiner und kleiner und schwand schließlich ganz aus unserem Blickfeld.

Damals wußten wir noch nicht, daß Ulla recht behalten sollte. Es war wirklich der letzte Zug, der aus Rastenburg herausging, bevor es die Front überrollte. Drei Tage nach unserer Flucht koppelten die Eisenbahner die Lokomotiven aneinander. Die Kohle reichte nur, um eine in Betrieb zu setzen. Mit diesem Lokomotivenzug brachten sie ihre Familien kurz vor Einmarsch der Russen in Sicherheit.

Als wir schon eine Weile gefahren waren, kam eine Kontrolle durch. Es war der grauhaarige Soldat, der uns am anderen Ende des Waggons so erfolgreich abgewehrt hatte. »Haben Sie es doch geschafft!« meinte er säuerlich und machte Ulla noch einmal auf die widerrechtliche Benutzung des Wehrmachtszuges aufmerksam.
»Wir entrichten selbstverständlich den Fahrpreis«, sagte meine Schwester kühl und griff nach ihrem Portemonnaie. »In Rastenburg war leider der Schalter geschlossen.«
Der Soldat winkte ab. Seine Kontrolle war eine Farce. Das wußte er so gut wie wir.
Die Insassen des Abteils, eine Krankenschwester und vier leichtverwundete Soldaten, waren sehr freundlich. Sie rückten bereitwillig zusammen, um für uns Platz zu machen. Die Krankenschwester berichtete, daß sie alle aus Lötzen kämen, wo das Lazarett geräumt worden sei. Anne und Reni, die Hunger bekommen hatten, untersuchten derweil den Inhalt der grünen Tasche. Sie fanden für jeden ein Brötchen, Omas Äpfel und die beiden Klappstullen, die Mama für mich eingepackt hatte. Die Schwester war fassungslos. »Damit wollen Sie auf die Flucht gehen?«
»Wir wollten ja eigentlich heute abend schon in Berlin sein«, sagte Ulla etwas verlegen. Sie hatte gepackt, als ob sie zu Besuch führe. Sogar ein Geschenk für die Tanten lag im Koffer. Die Frau schüttelte den Kopf über so viel Weltfremdheit. »Wer weiß, ob Sie je in Berlin ankommen. Hier wird doch schon überall gekämpft. Unter Umständen fährt der Zug nicht einmal bis Königsberg. Vielleicht müssen wir alle aussteigen und zu Fuß weiter. Einen Rucksack hätten Sie packen müssen statt der Koffer, damit Sie die Hände frei haben! Wie wollen Sie denn Ihre Kinder halten!«
»Eine hübsche, junge Frau kommt immer durch, auch mit Koffern«, frotzelte einer der Soldaten.
Alles lachte.
Ich merkte, wie ich rot wurde. Es war mir peinlich, daß man sich über meine Schwester lustig machte, die sonst so klug und bedacht war.
Aber wie man sich für eine Flucht rüstet, hatte eben nicht in Büchern gestanden. Das konnte man nicht lernen wie Geographie und Geschichte.

Ulla wußte gut über den Dreißigjährigen Krieg Bescheid. Sie hatte mir erst kürzlich bei den Hausaufgaben darüber geholfen. Doch damals versteckten sich die Leute im Keller oder flohen in die Wälder. Es gab keine Autos und Züge, die einen in wenigen Stunden an einen sicheren Ort bringen konnten. Es gab auch keine Flugzeuge, die einen überallhin verfolgen konnten. Außerdem hatte noch bis vor kurzem in Rastenburg niemand an Flucht gedacht.
»Ordentlich etwas zu essen hätten Sie einstecken sollen«, fuhr die Frau fort, »damit Sie auch ein paar Tage auskommen.« Sie kramte in ihren Vorräten und holte ein Kommißbrot hervor. »Da, stecken Sie das ein! Sie werden es brauchen können. Ein Messer haben Sie doch hoffentlich dabei.«
Ulla nickte. In der Reisetasche befanden sich drei silberne Messer, die allerdings nicht besonders gut schnitten, drei Gabeln und Teelöffel sowie ein Eßlöffel. Daß wir nur einen großen Löffel dabeihatten, sollte sich auf unserer weiteren Flucht noch als sehr nachteilig erweisen, mehr als das Fehlen eines Bestecks für mich.
Für die Fahrt nach Königsberg, die sonst zwei Stunden dauerte, brauchten wir jetzt siebzehn. Der Zug fuhr langsam und blieb immer wieder stehen. Ich preßte mein Gesicht gegen die Scheibe, um festzustellen, was der Grund für diese dauernden Verzögerungen sein könne. Aber ich konnte nichts erkennen. Draußen war es inzwischen stockfinster. Und die Bahnhöfe, auf denen wir hielten, waren kaum beleuchtet.
»Warum fahren wir nicht weiter, Ulla?« fragte ich. Meine Schwester antwortete nicht.
Die Frau, die uns das Brot geschenkt hatte, meinte: »Das weiß keiner. Wahrscheinlich wird ganz in der Nähe schon gekämpft. Und der Lokführer wird sich hüten, mitten ins Kampfgebiet zu fahren.«
Ich schauderte. Wir hatten Rastenburg verlassen, um uns vor den anrückenden Panzern in Sicherheit zu bringen. Und jetzt sah es so aus, als ob wir geradewegs auf sie zufuhren.
»Es ist noch kein Geschützdonner zu hören«, beruhigte einer der Soldaten. »Das Halten ist reine Vorsichtsmaßnahme.«
Es war entsetzlich heiß im Abteil. Wir kochten förmlich in unserer doppelten Kleidung. Reni war auf Ullas Schoß eingeschlafen. Anne träumte mit offenen Augen vor sich hin.

Meine Gedanken wirbelten durcheinander: Mama allein auf dem Bahnsteig, Papa, der von unserer Abreise nichts wußte, die Tanten, Oma, wie sie die Äpfel verteilte, die halbleeren Abteile in unserem Zug.
Wie auf der Titanic! schoß es mir durch den Kopf. Da waren auch die Rettungsboote nur zur Hälfte besetzt gewesen, und an Deck standen dichtgedrängt die Passagiere und warteten, daß sich das Leck im Schiffsboden wieder schloß.

Einquartierung

Es war fünf Uhr morgens, als der Zug in Königsberg hielt. Der Bahnhof war so schwach beleuchtet, daß ich nicht einmal das Schild »Königsberg Hbf« erkennen konnte. Doch das war irgendwie beruhigend. Wenn ich schon nichts sehen konnte, dann konnten es erst recht nicht die russischen Flieger. Somit brauchten wir keinen Bombenangriff zu fürchten.
»Königsberg Hauptbahnhof, hier ist Königsberg Hauptbahnhof«, hörte ich draußen eine Männerstimme rufen.
Die Tür zu unserem Abteil wurde geöffnet. Ein Soldat steckte seinen Kopf herein. »Wir sind in Königsberg. Zivilisten und Leichtverwundete können aussteigen.« Er eilte davon.
»Das fehlt uns gerade noch«, sagte meine Schwester. »Wir wollen nach Berlin und nicht nach Königsberg.« Auch die Rotkreuzschwester und die Soldaten blieben sitzen. In den Nachbarabteilen schien sich auch nichts zu rühren.
Dann setzte sich der Zug wieder in Bewegung. Niemand von uns wußte, wohin wir jetzt fuhren. Einer der Soldaten unternahm einen Informationsgang durch die einzelnen Wagen. Er kam mit der Neuigkeit zurück, daß unser nächstes Ziel Metgethen heiße. Das sei ein kleiner Ort wenige Kilometer hinter Königsberg. Wir erreichten Metgethen nach zwei Stunden. Wieder ging der Transportführer von Wagen zu Wagen und rief: »Zivilisten aussteigen!«
»Wir bleiben sitzen«, entschied meine Schwester. »Wenn wir draußen sind, kriegen wir so schnell keinen neuen Zug.«
Doch diesmal nützte uns unsere Beharrlichkeit nichts. Bahnbeamte und Soldaten öffneten überall die Türen und forderten die Flüchtlinge zum Aussteigen auf. »Vielleicht ist es

wirklich besser für Sie«, tröstete ein weißhaariger Soldat im Abteil meine Schwester und reichte uns das Gepäck nach. »Auf dem Lande sind Sie wahrscheinlich sicherer als in einem Zug auf der Hauptstrecke.«
Ein Bahnbeamter versicherte: »Dahinten steht schon ein Extrazug bereit. Mit dem fahren Sie nach Fischhausen. Und von dort geht es weiter mit dem Schiff. Die Ostsee ist jetzt noch die einzige Möglichkeit, hier heil rauszukommen.«
Meine Hoffnung, bald in Berlin zu sein, schwand.
Erst nach Fischhausen, dann mit dem Schiff, dann wieder mit dem Zug. Wer wußte, wie lange das dauern konnte!
Ein Glück, daß wir noch das Kommißbrot hatten! Der Extrazug stand ein paar hundert Meter entfernt. Die Flüchtlinge, die mit uns ausgestiegen waren, hasteten und stolperten quer über die Gleise, um auch ja noch einen Platz zu bekommen.
Ulla betrachtete einen Augenblick ratlos unser Gepäck: insgesamt fünf Koffer und die Reisetasche.
In Rastenburg hatte uns Mama mit dem Schlitten geholfen, jetzt waren wir auf uns alleine gestellt.
Wie hatte doch die Frau im Zug gesagt? Die Hände sollten Sie frei haben, damit Sie Ihre Kinder halten können.
»Wir müssen zweimal gehen«, erklärte meine Schwester, ergriff mit der einen Hand den größten Koffer und mit der anderen ihre Jüngste, die sich schlaftrunken die Augen rieb.
Ich ächzte mit meinen beiden Koffern hinterher. Anne hielt sich dicht neben mir.
Wir stellten die Koffer in der Nähe des neuen Zuges ab und stapften dann noch einmal durch den tiefen Schnee zurück, um das restliche Gepäck zu holen.
Im Extrazug war reichlich Platz. Aufsichtspersonal verteilte die Flüchtlinge auf die einzelnen Wagen.
»Familie mit drei Kindern?« vergewisserte sich ein Bahnbeamter und half uns in ein Abteil.
Ich zwinkerte Ulla zu. Als ihr »drittes Kind« war ich wohl recht nützlich.
Wie sich herausstellte, besaß der Zug zwar eine Reihe Güterwagen, jedoch nur zwei Personenwagen.
Diese blieben »kinderreichen« Familien vorbehalten.
»Schöner Extrazug!« murrte eine Frau neben uns. »Den haben sie bestimmt vom Schrottplatz geholt.« Der Zug schien

tatsächlich uralt zu sein. Es zog aus allen Ritzen, und schon nach kurzer Zeit zitterten wir vor Kälte.
»Hoffentlich fahren wir bald ab.« Meine Schwester seufzte. »Ich glaube nicht, daß solche Wechselbäder, erst schwitzen, dann frieren, besonders gesundheitsfördernd sind. Besser wäre es dann schon umgekehrt.«
Sie wickelte die beiden Kleinen in die Kamelhaardecke und breitete die zweite Decke über mich. »Rückt ganz dicht zusammen!« riet sie. »Dann wärmt ihr euch gegenseitig.«
Der Zug fuhr erst am Nachmittag ab. In der Zwischenzeit kamen Frauen aus dem Ort und verteilten Brot, eingemachtes Obst und Kaffee. War es wirklich erst vierundzwanzig Stunden her, daß ich selbst in der Rastenburger Schule Essen an Flüchtlinge ausgeteilt hatte?
Das warme Getränk belebte uns. Ulla rieb Renis Zehen, die trotz der doppelten Socken eiskalt waren. Auszusteigen trauten wir uns nicht. Wir wußten seit der Fahrt von Rastenburg nach Königsberg, daß der Zug ganz plötzlich, ohne Vorwarnung, abfahren konnte.
»Bewegt euch ein bißchen!« befahl Ulla. Ich versuchte, mit den Kindern etwas in unserem Waggon herumzugehen. Aber das war recht schwierig, da der Gang zum Teil mit Gepäck vollgestellt war.
»Es geht weiter«, sagte Ulla aufatmend, als der Zug sich endlich in Bewegung setzte.
Doch schon nach wenigen Kilometern blieb er auf einer kleinen Station stehen. Die weitere Strecke sei gesperrt, hieß es. Wir sollten aussteigen und in Privatquartieren in Groß-Blumenau untergebracht werden.
War dies etwa schon das Ende unserer Flucht? Wenn wir nicht weiter kamen als ein Stückchen hinter Königsberg, hätten wir auch gleich zu Hause bleiben können.
Der Bahnhof in Blumenau war noch kleiner als der in Metgethen. Reni betrachtete mißbilligend das Bahnhofsgebäude. »Das hätte hier eher ‚Klein-Blumenau' heißen sollen«, meinte sie sehr zutreffend. »Da ist ja Hohenstein viel größer.«
Vor dem Bahnhof warteten Pferdeschlitten. Reni und Anne vergaßen Kälte und Müdigkeit und brachen in Entzückensschreie aus. Eine Fahrt im Pferdeschlitten – das hatten sie sich schon immer gewünscht.

Ich konnte ihre Freude nicht teilen. »Ulla!« raunte ich ihr zu, als wir gleich in den ersten Schlitten stiegen. »Wann kommen wir nach Berlin?«
Meine Schwester reagierte nicht. »Wir haben den ersten Schlitten bekommen«, sagte sie zufrieden. »Bestimmt bekommen wir auch das beste Quartier.« Wie ich im Verlauf unserer Flucht noch merken sollte, dachte sie immer nur an das Nächstliegende.
Der Kutscher schnalzte mit der Zunge, das Pferd setzte sich in Trab. Die Kinder jauchzten vor Vergnügen. Ulla breitete die Kamelhaardecke aus und legte sie uns über die Knie. Hier auf freiem Feld pfiff ein lausiger Wind.
Plötzlich brummelte der Kutscher etwas Unverständliches und wendete. Wir waren in die falsche Richtung gefahren. So wurden wir statt die ersten die letzten.
Groß-Blumenau war tatsächlich eher ein »Klein-Blumenau«. Es bestand aus wenigen Zwei- und Dreifamilienhäusern, die von Angestellten der dortigen Munitionsfabrik bewohnt wurden. Die Fabrik war inzwischen geschlossen. Dafür hatte man in dem Ort ein Nachschublager für die Wehrmacht eingerichtet. Unser Kutscher hielt vor einem einladend aussehenden, weißgestrichenen Haus.
»Sie kommen zu Kelms«, hatte er uns vorher erzählt. »Die wissen schon Bescheid.«
Eine kleine, kugelrunde Frau mit zwei zappeligen, etwa dreijährigen Jungen am Rockzipfel, öffnete uns die Tür. »Es sind Zwillinge«, erklärte sie ganz überflüssigerweise; denn Hänschen und Fränzchen, ebenso kugelrund und rotbackig wie ihre Mama, sahen sich so ähnlich wie ein Ei dem anderen.
Während uns unsere Gastgeberin das Zimmer zeigte, das sie für uns hergerichtet hatte, überschüttete sie uns mit einem Wortschwall. Wie lange wir schon unterwegs seien, woher wir kämen, ob wir wüßten, wie weit die Russen schon vorgedrungen seien. Ulla meinte, das wisse anscheinend niemand genau. Aber nicht weit von der Eisenbahnstrecke Rastenburg—Königsberg sei schon gekämpft worden.
»Schrecklich, schrecklich!« seufzte unsere Gastgeberin. »Dieser böse, böse Krieg! Aber jetzt trinken wir erst einmal einen guten Schluck Kaffee.« Während das Wasser auf dem Küchenherd siedete, erzählte sie uns eine lange Geschichte von

Verwandten aus Litauen, die schon im Sommer hätten flüchten müssen, was »ganz schrecklich« gewesen sei.
Aber ich hatte den Eindruck, daß sie es eher interessant als schrecklich fand und daß auch unser Aufenthalt bei ihr nichts Unangenehmes war, sondern eine willkommene Unterbrechung ihres eintönigen Alltags.
»Sie können bleiben, solange Sie wollen«, versicherte sie. »Wir haben Platz genug.«
Sie schien sich in ihrem schönen, warmen Haus noch ganz sicher zu fühlen. Obwohl es doch nur wenige Kilometer von der Front entfernt war. Was sie wohl für ein Gesicht machen würde, wenn es hieße, russische Panzer rollten auf Blumenau zu? Einen Rucksack sollte sie packen, überlegte ich, damit sie die Hände frei hat für die Zwillinge. Aber Frau Kelm sah nicht so aus, als dächte sie daran zu packen, und als wir alle zusammen um den Tisch herumsaßen, Kaffee tranken und Margarinebrote mit Erdbeermarmelade aßen, kam mir der Gedanke an Flucht völlig unsinnig vor.
Vielleicht sollten wir wirklich hierbleiben, bis »sich die Lage beruhigt hat«, wie Frau Kelm sagte, und dann nach Rastenburg zurückkehren. Abends bot uns unsere Gastgeberin einen großen Topf voll süßer Milchsuppe mit Mehlklößen an. »Klunkermus«, nannten wir sie. Eine ähnliche hatte Mama uns oft gekocht.
Anne und ich aßen sie leidenschaftlich gern, nur Reni war ganz und gar kein Suppenfreund. Sie zog ein kräftiges Stück Fleisch vor. Für sie hatte ich das Märchen »Von der Prinzessin, die kein Klunkermus essen wollte« ausgedacht, das wir zu Weihnachten in Omas Haus aufgeführt hatten. Reni, in einem langen, kunstseidenen Unterrock von Mama und einer Krone aus Goldpapier auf dem Kopf hatte die Prinzessin gespielt. Sie war ganz in ihrer Rolle aufgegangen und hatte immer wieder mit dem Fuß aufgestampft und geschrien: »Nein, ich esse kein Klunkermus, nie in meinem Leben!«
Die Tanten hatten Beifall geklatscht, und Frau Handke hatte gemeint, aus dem Kind würde bestimmt noch einmal eine Schauspielerin werden.
»Erzähl von der Prinzessin, die kein Klunkermus mochte«, bettelte Anne, nachdem wir Frau Kelm geholfen hatten, die Teller abzuwaschen.

»Mein Gott, das kennt ihr doch mittlerweile auswendig«, wehrte ich unwillig ab. Mir stand der Sinn überhaupt nicht nach Märchen.
Doch auf einen Wink Ullas zog ich die Kinder in die Spielecke, auch Frau Kelms Zwillinge gesellten sich dazu, und begann zu erzählen: »Es war einmal eine Prinzessin, die ein gutes Essen sehr zu schätzen wußte. Wenn es zum Beispiel Klopse gab, konnte sie drei Teller leeressen, und bei Kartoffelflinsen nahm sie sogar siebenmal nach. Der Oberhofkoch, der sich darüber sehr freute, gab sich Mühe, die herrlichsten Speisen zuzubereiten, und die Leute im Lande sagten bewundernd: ‚Soviel wie unsere Prinzessin Reni kann sonst niemand essen. Dabei ist sie schön und schlank wie eine Tanne.'«
Reni lächelte stolz. Und ich fuhr fort: »Nur einen Kummer hatte der Oberhofkoch. Seine größte Spezialität war nämlich ein köstliches Klunkermus, und das rührte die Prinzessin nicht an.«
Ulla und Frau Kelm hatten es sich derweil in den Sesseln bequem gemacht und diskutierten über die Kriegslage.
Später setzte sich noch Frau Hack dazu, die einen Stock tiefer untergebracht war und mit der Ulla sich schon im zweiten Zug angefreundet hatte. Sie war »die Dame im Pelzmantel«, die sich in Rastenburg in den Zug geschmuggelt hatte, eine schlanke, schwarzhaarige Frau, die recht energisch zu sein schien.
Während Ulla noch überlegte, ob es ratsam sei, hierzubleiben oder die Flucht fortzusetzen, war Frau Hack ganz entschieden dafür, Groß-Blumenau so schnell wie möglich wieder zu verlassen. »Hier sind wir nicht sicher«, betonte sie mehrmals und schlug Frau Kelm vor, lieber auch zu packen. »Wenn die Russen in dem Tempo weiter vorrücken wie in den letzten drei Tagen, können sie morgen schon hier sein.«
Unsere Gastgeberin schüttelte ungläubig den Kopf. Russische Panzer in Blumenau, das konnte sie sich beim besten Willen nicht vorstellen.
Ich erzählte das Märchen nur mit halbem Herzen und lauschte den Gesprächsfetzen. » . . . können hier nicht bleiben, müssen weiter nach Pillau – von dort mit dem Schiff – Eisenbahnweg unmöglich – nur noch die Straße.«
»Weiter«, drängte Anne, als ich stockte.

Ich versuchte, mich wieder an die Geschichte zu erinnern. »‚Nein!' rief die Prinzessin und stampfte mit dem Fuß auf. ‚Ich esse kein Klunkermus. Eher will ich pechschwarze Haare bekommen!'«

Reni strich sich unwillkürlich mit der Hand über das kurze, blonde Haar, über das wir damals am Schluß der Vorführung eine schwarze Perücke gestülpt hatten.

Nun brachte ich die Geschichte schnell zu einem Ende, indem ich schilderte, wie Notzeiten ins Land kamen und die völlig abgemagerte Prinzessin schließlich drei Teller Klunkermus aß und dann satt und zufrieden, wenn auch mit pechschwarzem Haar, am Küchentisch saß.

Unter Frau Kelms frischbezogenem Federbett schlief ich tief und traumlos bis in den Vormittag hinein. Als Ulla mich weckte, war es schon zehn Uhr.

Nach dem Frühstück machten sich Ulla und Frau Hack auf den Weg zur Gemeindeverwaltung. Dort hofften sie, etwas über die Möglichkeit einer Weiterfahrt zu erfahren. Ich mußte in der Zeit auf die Kleinen und auf Frau Hacks zehnjährige, recht verwöhnte Tochter Ruth aufpassen.

Während Anne und Reni mit den Zwillingen spielten, löcherte Ruth mich mit Fragen: Wann ihre Mutter endlich wiederkomme, wann es Mittagessen gebe, was man gegen ihre Frostbeule am großen Zeh tun könne.

Ich war aufrichtig froh, als die beiden Frauen zurückkamen, wenn sie auch keine gute Nachricht brachten. Eine Möglichkeit, von Blumenau in der nächsten Zeit wegzukommen, gebe es nicht. Wir sollten uns auf einen längeren Aufenthalt einrichten. Allen Flüchtlingen waren Lebensmittelkarten ausgehändigt worden, und man hatte ihnen geraten, sich möglichst umgehend an den Förster wegen Brennholz zu wenden.

Das war auch im Sinne von Frau Kelm. Sie wollte uns zwar aufnehmen, nicht aber auch noch für uns heizen.

So stapften Ulla und ich am Nachmittag durch den Wald, durch kniehohen Schnee, um den Förster zu suchen.

Rechts, links, dann den Hauptweg, dann die zweite Abzweigung, dann wieder links – kreuz und quer irrten wir unter den hohen, schneebeladenen Bäumen umher.

Es war ein beschwerliches Gehen, und schon nach kurzer Zeit taten uns die Beine weh. Einmal versanken wir bis zur Hüfte in einem schneebedeckten Graben, aus dem wir nur mit Mühe wieder herauskrabbelten. Kein Mensch war zu sehen, den man nach dem Förster hätte fragen können. Es war ganz still. Kein Vogel sang, kein Hase raschelte durch die Büsche. Jetzt fehlte nur noch, daß wir uns in diesem gräßlichen Wald verliefen und jämmerlich erfroren. Dann wäre unsere Flucht endgültig zu Ende. Ulla formte ihre Hände zu einem Trichter. »Hallo!« schrie sie. »Hallo!«

Ihr Rufen hatte Erfolg. Aus einem Tannendickicht trat ein großer, schnauzbärtiger Mann in grüner Jägerkleidung, der Förster. Er schien sich über unseren Besuch fast ebenso zu freuen wie gestern Frau Kelm, hielt uns einen langen Vortrag über den vorzüglichen Baumbestand seines Waldes und zeigte uns eine stattliche Anzahl abgeholzter Kiefernstämme. »Zwei Meter kann ich Ihnen zuteilen«, erklärte er. Ulla wollte auch noch gleich das Holz für Frau Hack bestellen, aber davon wollte der Förster nichts wissen. »Die Dame muß sich schon selbst herbemühen.«

Ich vermutete, daß er sich einen weiteren Besuch in seiner weißen Einöde nicht entgehen lassen wollte.

»Wann schicken Sie denn das Holz?« fragte Ulla.

Der Mann lachte. »Junge Frau, für den Transport müssen Sie schon selbst sorgen. Vielleicht finden Sie im Dorf ja einen Pferdeschlitten.«

Meine Schwester nickte entschlossen. Ich war sicher, sie würde ein Fuhrwerk auftreiben.

Der Förster brachte uns noch bis zum Waldrand.

Mit nassen Füßen, aber hochzufrieden kehrten wir in unser Quartier zurück. Sollten wir hier längere Zeit bleiben müssen, würden wir wenigstens nicht frieren. Auch hungern würden wir nicht, dank der Lebensmittelkarten.

Zudem besaß Frau Hack einen halben Koffer voll Wurst und Geräuchertem, wovon sie uns eine Kostprobe brachte. Sie war im letzten Jahr, als die Ernährungslage in den Städten immer schlechter wurde, in die Nähe von Sensburg auf den großen Bauernhof ihrer Schwester gezogen, wo sie auch selbst etwas Vieh gehalten und geschlachtet hatte.

Vielleicht war es gar nicht schlecht, daß wir sie getroffen hatten. Sie schien recht freigiebig zu sein, und ihre Leberwurst schmeckte wirklich einmalig.

»Wenn wir doch noch aus diesem Nest herauskommen, sollten wir zusammenbleiben«, hatte sie meiner Schwester vorgeschlagen. »Wer weiß, was noch alles auf uns zukommt. Und gemeinsam schaffen wir es vielleicht besser.«
Ulla hatte zustimmend genickt.
Aber das war gestern gewesen. Heute sah es eher danach aus, daß wir nicht mehr auf die Flucht gehen, sondern gemeinsam in Blumenau das Ende des Krieges abwarten würden.
Es wäre auch schade um das Holz gewesen.
Am Abend stiegen wir erst einmal alle in die gekachelte Badewanne, »unseren äußeren Menschen reinigen«, sagte Ulla.
Das söhnte mich mit der Flucht fast aus. Vielleicht fuhren wir ja schon bald wieder nach Hause. Dann konnte ich Mama erzählen, wie herrlich man sich in solch einer großen Wanne fühlte, wo das Wasser schon heiß aus dem Hahn kam und die Wände rosa gekachelt waren. Bei uns wurde am Wochenende die große Zinkwanne aus dem Keller geholt, die auch zum Einweichen der Wäsche benutzt wurde, und dann heizte Mama tüchtig den Herd und machte mehrere Kessel Wasser heiß. Gebadet wurde in der Küche.
Opa, der Maurerpolier gewesen war, hatte zwar ein großes Haus gebaut, aber Badezimmer hatte keine der Wohnungen. Das war ein Luxus für reiche Leute. Sauber wurde man auch in der Zinkwanne.
Nachts hörten wir zum erstenmal den Geschützdonner von Königsberg.
»Wir müssen hier weg«, sagte Ulla am nächsten Morgen. »Hier bleibe ich keinen Tag länger.«
Während ich wieder auf Anne, Reni und die ewig nörgelnde Ruth aufpaßte, gingen die Frauen zur Gemeindeverwaltung. Wenn es Fuhrwerke zum Holztransport gab, mußte sich auch eins für zwei Flüchtlingsfamilien finden lassen.
Auf der Gemeindeverwaltung wies man sie ab, aber von einem Dorfbewohner hörten sie, daß von der Nachschubstelle gelegentlich Lastwagen nach Pillau fuhren, die Flüchtlinge mitnahmen.
Zu dem Nachschublager gehörte ein kleines, verräuchertes Büro, in dem ein beinamputierter Soldat saß, der gewissenhaft in Listen eintrug, was die Lastwagen beförderten oder befördern sollten.

Hier warteten wir mit anderen Flüchtlingen von mittags an auf unseren Koffern sitzend und hofften, daß ein Wagen käme. Man hatte uns gesagt, heute sei einer ganz früh abgefahren, der auch einige Flüchtlinge mitgenommen habe. Aber ein weiterer Wagen sei noch nicht da.
Es kam auch keiner mehr, und so schleppten wir am späten Abend das Gepäck wieder zu Frau Kelm zurück.
In dieser Nacht war der Geschützdonner so nahe, daß das Haus bebte und die Scheiben klirrten. Ich konnte nicht schlafen und hatte entsetzliche Angst. Schließlich hielt ich es nicht mehr aus. »Ulla!« rief ich halblaut zu dem Bett an der anderen Zimmerseite hinüber. »Ulla, sie schießen!«
»Weck mir nicht die Kinder auf, Inge!« zischte sie.
Sie knipste die Nachttischlampe an, und ich sah, daß sie hellwach war.
»Mach schnell das Licht aus!« rief ich angstvoll. »Sonst sieht man das Haus.«
»Unsinn«, sagte Ulla. »Wir haben doch verdunkelt.«
Sie hatte natürlich recht. Vor den Fenstern hingen dicke Wolldecken, die keinen Lichtstrahl nach draußen ließen.
Anne und Reni schliefen friedlich – Reni den Mund halb geöffnet und die Ärmchen hochgeworfen.
Einen Augenblick lang wünschte ich mir glühend, auch vier zu sein, oder wenigstens sieben, nur Puppen und Märchen im Kopf zu haben und den Krieg den Erwachsenen zu überlassen.
Ulla stand auf, deckte mich wieder zu und strich mir über das Haar. »Versuch zu schlafen. Morgen gehen wir ganz früh los. Dann nimmt uns bestimmt ein Lastwagen mit.«
Wir verließen das Haus schon um halb sechs. Die Decken trugen wir jetzt zusammengerollt um den Hals.
Den schwersten Koffer hatten wir zurückgelassen – mit der Tischwäsche, den Handtüchern und den Sommersachen. Es waren zwanzig Grad minus, wer dachte da schon an den Sommer, und wir durften nicht mehr mitnehmen, als wir tragen konnten. Beweglich mußten wir sein, um bei jeder sich bietenden Gelegenheit schnell in einen Laster oder Zug einsteigen zu können. Frau Kelm würde unser Gepäck gut verwahren. Wenn der Krieg vorbei war, würden wir es abholen.
Diesmal waren wir die ersten an der Sammelstelle. Und wir hatten Glück. Noch vor neun konnten wir zusammen mit

Frau Hack und etwa dreißig anderen Flüchtlingen in einen Lastwagen steigen, der nach Pillau fahren sollte.
Es war eine bunt zusammengewürfelte Gruppe: Mütter mit Kindern, ältere Ehepaare, Einzelpersonen. Auch eine ganz junge, zierliche Frau mit einem Säugling war darunter.
»Du lieber Gott«, sagte Ulla mitleidig. »Wie will die denn durchkommen! Das Kind erfriert ihr ja unterwegs.« Aber die junge Mutter war gut gerüstet. Sie trug einen dicken, zottigen Schafspelz, der ihr viel zu groß und zu weit war und so auch noch Schutz für das Baby bot.
Es lag die ganze Zeit an ihrer Brust, in einer dicken Schlinge, die sie sich um den Leib gebunden hatte.
Im Warteraum hatte sie den Mantel geöffnet, doch als wir vor die Tür traten, schloß sie ihn so fest, daß von dem Kind nur noch die Nasenspitze zu sehen war. Einziges Gepäckstück der jungen Mutter war ein riesiger Rucksack.
Es dauerte eine ganze Weile, bis wir alle Gepäckstücke verstaut hatten und im Wagen saßen.
Die Zuspätgekommenen, die keinen Platz mehr bekamen, murrten: »Menschen sind wichtiger als Gepäck!«
Aber keiner im Wagen – wir eingeschlossen – wollten auf einen Koffer verzichten. Ich schaute Ulla an, die auch ein schlechtes Gewissen zu haben schien.
»Es fährt bestimmt bald wieder ein Lastwagen«, beruhigte sie sich und mich. »Wenn wir noch mehr Gepäck hierlassen, haben wir nicht einmal mehr Wäsche zum Wechseln.«
»Alle Mann an Bord?« fragte der Beifahrer und ließ die Plane hinunter. Dann fuhren wir endlich los.
Eng zusammengedrängt kauerten wir auf unseren Koffern in dem fast dunklen Laderaum. Während der Wagen mit uns über die unebene, vereiste Landstraße holperte, frohlockte ich. Wir waren auf dem Weg nach Pillau!
Von dort fuhren täglich Schiffe über die Ostsee. Waren wir erst drüben, dann war es nur noch ein Katzensprung nach Berlin.
Und dann brach die Achse des Wagens.

»Er kommt!« schrie Ulla.
Neben uns hielt tatsächlich ein Laster. Der Fahrer sprang heraus. »Wo sind denn die anderen?« fragte er verblüfft.
Meine Schwester wies zum Gutshaus.
»Na, dann werd' ich sie mal holen.« Er stapfte querfeldein auf das Haus zu.
Der Beifahrer zog die Plane hoch und ließ uns einsteigen.
»Da hätten wir auch im Warmen warten können, wenn wir doch abgeholt werden«, meinte ich vorwurfsvoll.
»Das konnte man nicht vorher wissen«, sagte Ulla – womit sie natürlich recht hatte – und rieb sich die klammen Finger.
Mit ganz unangemessener Fröhlichkeit, in Anbetracht der Flüchtenden auf der Landstraße und des immer noch hallenden Kanonendonners, stiegen die übrigen Flüchtlinge in den Wagen. Frau Hack berichtete, sie hätten heißen Tee und Erbsensuppe bekommen und könnten jetzt so richtig gestärkt den weiteren Dingen ins Auge sehen.
Ulla antwortete nicht. Statt dessen holte sie das Stullenpaket hervor, das Frau Kelm uns großzügig mitgegeben hatte. Während Anne und Reni zufrieden kauten und wir bei jedem heftigen Ruck des Wagens hin und her geschleudert wurden, erzählte ich das Märchen von Kalif Storch:
»Der Kalif Chasid von Bagdad saß einmal an einem schönen Nachmittag behaglich auf seinem Sofa. Es war ein heißer Tag. Er rauchte aus einer Pfeife von Rosenholz, trank ein wenig Kaffee und strich sich vergnügt den Bart, weil es ihm so gut schmeckte. Da trat sein Großwesir Mansor ins Zimmer.«
Ich schilderte, wie der Kalif und der Großwesir von dem als Krämer verkleideten bösen Zauberer Kaschnur ein Pulver und ein Papier mit einem Zauberspruch kauften und sich daraufhin in Störche verwandeln konnten. Und wie groß ihr Entsetzen war, als sie das Zauberwort für die Rückverwandlung vergessen hatten.
Sogar Ruth lauschte aufmerksam. Anne achtete sorgfältig darauf, daß ich kein falsches Wort benutzte. Als ich sagte:
»Dreimal wandten die Störche ihre Hälse nach Osten und riefen: ‚Mutabor!'«, verbesserte sie:
»Es heißt: ‚Sie bückten ihre Hälse der Sonne entgegen.'«

Wegen der überfüllten Straßen kam der Lastwagen nur langsam vorwärts. Oft blieb er eine ganze Weile stehen. Dann hörten wir, wie der Fahrer fluchend hinauskletterte und rief: »Leute, macht Platz! Wir haben wichtige Ladung!«
Aber das schien niemanden zu interessieren. Keine Ladung konnte so wichtig sein, daß die Flüchtenden bereit waren, sich dafür von den russischen Panzern einholen zu lassen.
Ich überlegte, was wohl Bedeutendes in dem Lastwagen sein konnte. Bestimmt nicht die Flüchtlingsfamilien, die verfroren auf dem Boden hockten. Wahrscheinlich steckte das Wichtige in den Kisten, die die Männer ins Führerhaus gestellt hatten. Gewehr- oder Kanonenkugeln, wie Ulla vermutete. Auf jeden Fall etwas, das dem Krieg diente.
Uns hatte man wahrscheinlich nur mitgenommen, weil nicht genug Munition da war, um den Wagen vollzuladen. Obwohl wir dicht beieinander saßen, wurde uns immer kälter. Die Plane über unserem Wagen bot nur wenig Schutz.
Ich begann, die orientalische Storchengeschichte auszuschmücken, erzählte von Blumengärten und sengender Hitze und vergaß für einige Zeit den ostpreußischen Winter.
Bis Reni auf einmal kläglich sagte: »Hier ist es überhaupt nicht heiß. Hier ist es ganz fürchterlich kalt.«
Ruth jammerte, ihr sei der Fuß eingeschlafen, und hinten im Wagen begann ein Kind zu plärren. Die Mutter tröstete und beruhigte, aber das Kind schrie unentwegt weiter.
»Er bekommt Zähnchen«, entschuldigte sie sich und wiegte das Kleine hin und her, ohne nennenswerten Erfolg.
Die Umsitzenden gaben gute Ratschläge: »Schnuller geben. Schnuller nicht geben. Stückchen Zucker lutschen.«
»Er hat gerade im Gutshaus warme Milch bekommen«, sagte die Mutter hilflos. »Er trinkt sonst gar kein Fläschchen mehr. Er ist ja schon fast zwei.«
»Denn woll'n wir et mal mit Lakritz versuchen«, sagte eine Frau in unverkennbar berlinerischem Tonfall.
Man vernahm, wie sie in der Tasche kramte, und kurz darauf hörte das Schreien auf. »Siehste«, sagte die Frau zufrieden. »Lakritz ist immer jut, det weeß ick ja.«
Großzügig begann sie, die Süßigkeiten an die Kinder im Wagen zu verteilen. »Zuerst det kleene Frollein, det so schön Märchen erzählen kann.«

Im Nu war die Tüte leer. Das letzte Stück steckte sich die Berlinerin selbst in den Mund. »So, det wär' der Rest vom Schützenfest«, meinte sie wehmütig. »Eigentlich sollte mir det ja die Flucht versüßen. Aber langsam jloob ick, da jibt es jar nichts zu versüßen.«
Die Mitreisenden nickten beifällig.
»Nun hab' ick mir extra uffs Land evakuieren lassen«, fuhr die Frau fort, »damit mir in Berlin nicht die Bomben uffs Dach fallen, und nun rücken mir die Russen uff den Pelz. Da hätt' ick man auch jleich zu Hause bleiben können.« Sie seufzte und lutschte dann laut und vernehmlich.
Eine Weile schwieg alles. Dann begann der Säugling leise zu weinen. Die Mutter, die neben Ulla saß, knöpfte Mantel und Kleid auf, und bald hörte man zufriedenes Schmatzen.
»Ein Jlück, det Sie stillen können«, meinte die Frau aus Berlin. »Da brauchen Sie sich wenigstens keene Jedanken um Nahrung für det Kleene zu machen.«
Die junge Mutter nickte. »Es ist erst sechs Wochen alt.«
»Du liebe Jüte«, sagte die Frau mitleidig. »Denn essen Sie man selbst tüchtig, sonst bleibt Ihnen die Milch weg.«
Sie kramte wieder in ihrer Tasche, und gleich darauf begann es verführerisch nach geräucherter Wurst zu duften. »Essen Sie det man, junge Frau, det jibt Kräfte.«
Das Baby war an der Brust eingeschlafen. Die Mutter löste behutsam das Mündchen von der Milchquelle und knöpfte den Pelz wieder zu. Ich glaube, der Kleine war der einzige, der während der Fahrt nicht fror.
»Der hat's noch gut«, sagte ein alter Mann. »Der weiß noch nicht, was auf ihn zukommt. Der denkt, so sicher liegt man immer in Mutters Arm.«
Es gab einen heftigen Ruck, dann hielt der Wagen. Wir mußten wieder eine Zwangspause machen.
»Wer muß, kann mal kurz aussteigen!« rief der Fahrer.
»Nee, danke«, sagte der alte Mann, »da kriegt man höchstens Frostbeulen am Hintern.«
Nur wenige stiegen aus. Wir blieben auch sitzen.
Das Baby, das eindeutig zu duften begann, wurde im Wagen gewickelt. Die schmutzige Windel warf die Mutter einfach aus dem Wagen. »Mit Rücksicht auf die Mitreisenden«, wie sie versicherte. Sonst sei sie nicht so verschwenderisch, aber

sie habe noch den halben Rucksack voll Mulltücher und hoffe, bald wieder Gelegenheit zu haben, etwas zu waschen.
»Erzähl noch etwas«, bat Anne. Aber ich hätte viel lieber den Gesprächen der Erwachsenen zugehört.
»Ja, erzähl'n Sie noch wat, Frollein«, sagte die Berlinerin. Einige Mütter nickten zustimmend. Bei den Geschichten waren ihre eigenen Kinder wenigstens auch still.
So blieb mir nichts anderes übrig, als mich wieder an Hauffs Märchen zu erinnern und die Mitreisenden mit Saids seltsamen Schicksalen vertraut zu machen. Etwas komisch kam ich mir schon vor als Märchentante für einen ganzen Wagen voll Menschen, aber ich war auch ein bißchen stolz darauf, besonders als Ulla sagte: »Was würde ich ohne dich und deine Geschichten anfangen, Inge.«
Als ich einmal eine Pause machte, weil ich allmählich heiser wurde, bot der Mann, der neben der Berlinerin saß, mir Tee aus seiner Thermosflasche an, »um die Kehle zu schmieren.« Kopfschüttelnd meinte er: »Das hätte ich mir auch nicht träumen lassen, daß mir einer auf der Flucht Märchen erzählt.«

Nach Einbruch der Dunkelheit waren wir endlich in Pillau. Wir waren alle heilfroh. Das zahnende Kind hatte geschrien und sich durch nichts beruhigen lassen.
Der Wagen hielt am Hafen. »Alle Mann raus!« rief der Fahrer und rollte die Plane hoch. Steif von dem langen Sitzen kletterten wir heraus. Dann blieben wir ratlos stehen.
Der Hafen war wegen der Fliegergefahr kaum beleuchtet, aber trotz des Halbdunkels konnte man erkennen, daß hier ein unwahrscheinlicher Betrieb herrschte; hastende, rufende, gestikulierende Menschenmassen – Flüchtlinge, Soldaten, Marineangehörige, dazwischen herrenloses Gepäck.
Von einem Schiff, das uns über die rettende Ostsee bringen sollte, war nichts zu sehen.
Mein Mut sank. Wenn alle diese Leute hier auf Schiffe wollten, hätte man eine ganze Flotte gebraucht.
»Mama, mir ist kalt«, maulte Ruth. »Wo liegt denn unser Schiff?«
»Das kommt morgen«, sagte Frau Hack schnell, die selten um eine Antwort verlegen war. »Jetzt müssen wir uns erst einmal eine Unterkunft für die Nacht suchen.«

»Da sagen Sie wat Wahres!« pflichtete die Berlinerin bei. Unternehmungslustig griff sie zu ihren schweren Lederkoffern. »Kommen Sie, junge Frau, wir suchen uns jetzt det beste Hotel, wat et in dieser Stadt jibt!« Die Aufforderung war an die Säuglingsmutter gerichtet, die die Arme fest um das Kind an ihrer Brust gepreßt hatte.
Die junge Frau schien unschlüssig. »Vielleicht kommt ja gleich ein Schiff.«
Der alte Mann, der so gern Märchen gehört hatte, schüttelte zweifelnd den Kopf. »Glauben Sie wirklich, daß heute noch ein Schiff kommt? Und wenn ja, glauben Sie, daß Sie da rauf kommen? Da sind noch Tausende vor uns.« Er schulterte seinen Koffer und ging mit seiner Frau stadteinwärts.
Die Mutter mit dem zahnenden Kind wickelte den Kleinen sorgfältig in eine dicke Flauschdecke, setzte ihn in den Sportwagen und schob im Eilschritt davon.
»Kommen Sie!« drängte die Berlinerin. »Sonst kriegen wir keine Zimmer mehr. Det Kind muß jetzt jebadet und jewikkelt werden.« Die Säuglingsmutter nickte, und zusammen machten sie sich auf den Weg. Sie waren ein seltsames Paar: die große, kräftige Frau mit dem grauen Haarknoten und die zierliche, junge mit dem viel zu weiten Pelz.
Ich dachte, daß es gut für das Baby und seine Mutter sei, wenn sie mit der Berlinerin zusammenblieben. Die würde schon dafür sorgen, daß sie ein Zimmer und Essen bekämen.
»Ich will auch in ein Hotel!« quengelte Ruth.
»Herzchen«, begütigte ihre Mutter, »das war doch nur ein Scherz von der Berlinerin. Falls es hier überhaupt ein Hotel gibt, ist es längst überfüllt. Ich erkundige mich lieber gleich hier nach einem Schlafplatz, ehe wir stundenlang durch den Ort irren.«
Sie bat Ulla, auf Ruth und das Gepäck zu achten, und stürzte sich entschlossen in das Menschengewimmel.
Der Lastwagen fuhr wieder davon, die übrigen Flüchtlinge, die mit uns gekommen waren, tauchten im Dunkeln unter.
Einen Tag lang waren wir eine Gemeinschaft gewesen. Jetzt versuchte jeder wieder allein durchzukommen. Irgendwie war es tröstlich, daß uns wenigstens Frau Hack treu zu bleiben schien. Wenn ich auch auf ihre Tochter gut hätte verzichten können.

Von See blies ein kalter, stürmischer Wind. Möwen kreischten und flogen dicht über unsere Köpfe. Es roch nach Wasser, Tang und Schnee. Ulla stellte sich so, daß sie die Kleinen gegen den ärgsten Wind abschirmte.
Frau Hack ließ auf sich warten. Vielleicht fand sie überhaupt keine Unterkunft. Wehmütig dachte ich an den Lastwagen. Wenn er auch unbequem gewesen war, so hatten wir doch wenigstens ein Dach über dem Kopf gehabt.
Es war inzwischen stockfinster. Die Menschen im Hafen verliefen sich allmählich. Ruth fing plötzlich an zu weinen. »Mutti, Mutti!« schluchzte sie. Wahrscheinlich sah sie sich schon als armes, verlassenes Waisenkind.
Aber auch ich machte mir Sorgen, ob Frau Hack uns im Dunkeln wiederfinden würde.
Doch meine Sorge war unbegründet. Ruths Mutter hatte sich unseren Standort gut gemerkt. Sie kehrte in Begleitung eines Jungen mit einem Schlitten zurück. Gegen ein gutes Entgelt und eine kleine Leberwurst aus Frau Hacks Vorräten war er bereit, uns den Weg zu zeigen und einen Teil des Gepäcks zu ziehen.
Während wir die Koffer auf dem Schlitten festbanden, berichtete Frau Hack, daß sie mit einem Lotsen gesprochen habe. Er sei bereit, uns für die Nacht aufzunehmen.
In der Wohnung des Lotsen schien nur noch die Küche bewohnt zu sein. Hier saßen um den Tisch herum mehrere behäbig aussehende, bärtige Männer, die rauchten und tranken und sich um uns nicht kümmerten. Einer von ihnen wies mit der Hand auf eine halbgeöffnete Tür.
Das Zimmer dahinter war leer und dunkel. Die Lotsen hatten ihre Familien samt Möbeln und Hausrat längst vor der näher rückenden Front in Sicherheit gebracht, zu Verwandten weiter ins Reich, nach Pommern oder Mecklenburg. Kein Wunder, wo sie hier die Schiffe direkt vor der Nase hatten!
In einem anderen Zimmer fanden wir einige Sofakissen. Wir schliefen auf der Erde, deckten uns mit unseren Decken und Mänteln zu. Später kamen noch mehr Flüchtlinge, wir hörten Türenklappen, Stimmengewirr, dazwischen das Lachen der Männer in der Küche.
Am Montag morgen gingen wir gleich zum Hafen, vorerst ohne unsere Koffer. Wir wollten die Lage erkunden, wie Frau

Hack sagte. Die Straßen waren voller mit Gepäck beladener Menschen. Wir brauchten niemanden nach dem Weg zur See zu fragen. Das war die Richtung, wo alles hinströmte.
Schon von weitem sahen wir das Gewimmel an der Anlegestelle. Dort lag ein sehr kleines Schiff vor Anker, auf das eine lange Schlange schiebender, schimpfender Menschen drängelte. Frauen mit Kindern oder gar Kinderwagen hatten kaum eine Chance. Wir blieben eine Weile ratlos stehen.
»Da kommen wir nie rauf«, meinte ich verzagt.
»Und wenn, dann höchstens ohne Gepäck«, sagte Frau Hack.
Von verschiedenen Seiten hörten wir, daß nur der mit einem Schiff wegkomme, der eine Schiffskarte habe. Danach waren wir den ganzen Vormittag unterwegs, konnten aber keine Stelle am Hafen finden, wo diese Karten verkauft wurden. Inzwischen wurde die Unruhe vor dem Schiff an der Anlegestelle immer größer. Die Gangway war eingezogen worden, die Matrosen an Deck gaben durch Zeichen zu verstehen, daß das Schiff restlos überfüllt sei und gleich in See stechen würde.
Ulla hatte ihre Arme um die Mädchen gelegt, um sie im Gedränge nicht zu verlieren, und kaute auf ihrer Unterlippe.
Ruth fing an zu jammern: »Ich will aufs Schiff, ich will aufs Schiff!« Sie heulte immer im unpassenden Moment.
Plötzlich hörten wir gellende Schreie: »Meine Kinder! Meine Kinder!«
Mir lief eine Gänsehaut über den Rücken. Waren Kinder ertrunken? Es war windig hier am Hafen, »stürmischer Seegang«, wie Frau Hack besorgt sagte. Hohe Wellen schlugen gegen die Wände des sich langsam entfernenden Schiffes.
»Meine Kinder! Sie sind auf dem Schiff!«
Dicht neben uns bahnte sich eine Frau, die zwei kleine Jungen umklammert hielt, einen Weg durch die Menge. Sie sah verstört aus. Man versuchte, sie zu beruhigen.
Unter Schluchzen berichtete die Frau, während sie immer wieder die zwei Kleinen streichelte, daß Matrosen ihr geholfen hatten, vier ihrer Kinder über das Seitengeländer auf den Schiffssteg zu heben. Sie selbst sei mit den beiden Jungen abgedrängt worden und trotz aller Bitten und Beschwörungen nicht mehr aufs Schiff gekommen.
»Man wird für die Kinder sorgen«, tröstete ein alter Mann.
»Niemand läßt Kinder verhungern. Es sind Rote-Kreuz-Hel-

fer auf dem Schiff. Da sind sie gut aufgehoben. Seien Sie froh, daß sie wenigstens vier Kinder in Sicherheit haben.«
Aber die Frau weinte weiter, verzweifelt und hoffnungslos. Auch die Aussicht, sie würde die Kinder bestimmt treffen, wenn sie mit dem nächsten Schiff nachkäme, konnte sie nicht trösten. Wann würde wieder ein Schiff abfahren, wann würde sie mit einem mitkommen? Außerdem wußte man nicht, wohin die Schiffe fuhren. Es konnte Pommern sein, Hamburg oder Dänemark. Oft wurde noch auf See der Kurs geändert. Eine Rote-Kreuz-Helferin nahm sich schließlich der unglücklichen Mutter an und führte sie weg.
»Für heute können wir hier nichts mehr erreichen«, erklärte meine Schwester. »Am besten versuchen wir, noch etwas zu essen zu bekommen. Der Lotse hat gesagt, in der Stadt gebe es eine Sammelstelle für Flüchtlinge, wo Brot und Eintopf ausgeteilt werden.«
Bedrückt machten wir uns auf den Rückweg, die Schreie der Mutter noch in den Ohren. Diesmal bildeten wir eine Kette – Ulla, die Kinder und ich – um uns ja nicht zu verlieren.
Frau Hack und Ulla beratschlagten bis in die Nacht hinein, wie man vorgehen müsse, um auf eines der Schiffe zu gelangen. Dabei wurde auch erwogen, ob es wegen der Minengefahr überhaupt ratsam sei, den Seeweg zu benutzen. Sie sprachen nur flüsternd, um die schlafenden Kinder nicht zu wekken, aber ich konnte jedes Wort verstehen.
»Es ist unsere einzige Chance«, sagte Frau Hack. »Züge verkehren nicht mehr. Wir müssen übers Meer. Vielleicht haben wir Glück und bekommen ein Schiff bis Swinemünde.«
Ich fror trotz Decke und Mantel. Wilde Bilder jagten durch meinen Kopf: Das Bersten des Schiffes, das auf eine Mine gelaufen war. Ulla, die Kinder und ich in der aufgewirbelten See. Ulla, die ausgezeichnete Schwimmerin, die nur einen von uns retten konnte.
Wieder fiel mir die Titanic ein.
Ich hatte schon immer Angst vor Wasser gehabt, konnte auch trotz meiner fast fünfzehn Jahre nicht schwimmen, zum Ärger von Papa, der mit Ulla schon oft den Lycker See durchquert hatte. Tausendmal lieber wäre ich auf einem offenen Güterwagen gefahren, trotz der grimmigen Kälte, als mich den unsicheren Schiffsplanken anzuvertrauen.

»Wenn wir wenigstens bis Gotenhafen kämen«, meinte Ulla.
»Bis dahin dauert die Fahrt keine zehn Stunden. Und wir wären mal wieder ein Stück weiter.«
»Aber erst einmal auf ein Schiff kommen«, sagte Frau Hack.

Die »Wartheland«

Auf dem Hof hinter unserem Haus lag eine Luftwaffenabteilung. Ulla und Frau Hack waren mit einigen der Soldaten ins Gespräch gekommen. Zwei von ihnen hatten sich erboten, uns am nächsten Morgen zu helfen, das Gepäck zum Hafen zu tragen. Wie sie versicherten, wüßten sie »aus zuverlässiger Quelle«, daß schon morgen ein großes Frachtschiff komme, das statt Gütern Flüchtlinge mitnehmen sollte.
»Wir werden Ihnen auf jeden Fall helfen, mit den Kindern wegzukommen«, versprachen sie und hielten Wort.
Am nächsten Tag warteten sie mit uns am Hafen, eingekeilt in die Menschenmassen, bis zum späten Nachmittag.
Wir froren, aber daran hatten wir uns allmählich gewöhnt. Es war auch nicht mehr so wichtig. Wichtig war, daß wir auf ein Schiff kamen. In Pillau, auf das die Front unaufhaltsam zurollte, konnten wir keinen Tag länger bleiben.
Ich hatte vergessen, daß ich mich eigentlich nie unsicheren Schiffsplanken anvertrauen wollte.
Die Unruhe der am Hafen Wartenden hatte sich auch auf mich übertragen. Rettung vor Tod und Verderben war nur durch ein Schiff zu erwarten. Das sah man an den entschlossenen Gesichtern der Leute, die dichtgedrängt an der Kaimauer standen. Auch Ulla und Frau Hack hatten diesen entschlossenen Gesichtsausdruck. Komme, was wolle, sie würden jedenfalls um einen Platz kämpfen. Nur die beiden Soldaten sahen ziemlich sorglos drein. Sie machten Späße, um den Kleinen die Zeit zu vertreiben, und achteten darauf, daß man uns nicht von der Anlegestelle abdrängte.
Eine neben uns stehende Frau sagte mit einem scheelen Blick auf die uns begleitenden Soldaten: »Mein Mann ist draußen im Feld. Der kann nicht hier stehen und mir helfen, aufs Schiff zu kommen.« Ulla wurde rot. Die Soldaten schmunzelten. Niemand klärte den Irrtum auf.

Ich begann allmählich zu zweifeln, ob heute wirklich noch ein Schiff käme; da ging ein Raunen durch die wartende Menge. In der Ferne tauchten die Masten eines Schiffes auf, das sich langsam näherte. Es war ein großer, verwitterter Frachter. »Wartheland« stand auf seinem Bug.
Obwohl die Leute an der Anlegestelle dichtgedrängt standen, versuchte man jetzt von hinten nachzustoßen. In einer einzigen Welle wogte die Menschenmasse auf uns zu.
Ulla, die Kinder und ich hielten uns fest umklammert, um nicht auseinandergerissen zu werden. Wir erhielten Stöße von allen Seiten. Ohne die Soldaten, die sich schützend vor uns stellten, wären wir sicher ganz abgedrängt worden.
Die »Wartheland« legte dicht an der Kaimauer an. Eine schmale Leiter wurde vom Schiffsrumpf bis zur Mauer hinabgelassen und dort befestigt. Dann kletterten die ersten Flüchtlinge einer nach dem anderen die Leiter hoch.
Es gab ein unvorstellbares Chaos. Mit Ellbogenstößen, Püffen und Fußtritten wurde erbittert um den jeweils frei werdenden Platz am Fuße der Leiter gekämpft.
Die Zeiten, in denen Familien mit Kindern einen Extraplatz bekamen, waren vorbei. Jetzt siegte der, der die größere Ellenbogenkraft hatte.
»Bis Sie da raufkommen, können wir ewig warten«, meinte einer der Soldaten. »Wir müssen es von der Seite versuchen.«
Doch davon wollte Ulla nichts wissen. Sie hatte immer noch das Bild der verzweifelten Mutter vom Vortag vor Augen.
Die Soldaten versicherten ihr, daß überhaupt nichts passieren könne. Sie würden uns alle über die Köpfe der Wartenden hinweg auf die Leiter heben, und das Gepäck würde man versuchen nachzubringen.
Es ging ganz schnell. Plötzlich befanden wir uns alle sechs hintereinander auf der Leiter, die Kinder zuerst. Empörte Rufe von allen Seiten.
Ich kam mir richtig schäbig vor. Gestern noch hatten wir über die Leute geschimpft, die sich so rücksichtslos vordrängten.
Dann waren wir auf dem Schiff. Matrosen hatten uns von der letzten Sprosse über den Schiffsrand auf Deck gehoben.
Ulla schob uns in eine Ecke. »Rührt euch nicht vom Fleck!« befahl sie. »Frau Hack und ich gehen jetzt nach dem Gepäck schauen.«

»Ulla!« rief ich entsetzt. »Du willst doch nicht wieder runter?« Ich hatte es ja geahnt. Wir würden uns verlieren, und ich würde mit den Kindern allein auf dem Schiff bleiben und in der stürmischen Ostsee ertrinken.
»Du glaubst doch wohl nicht im Ernst, Inge, daß da noch jemand runterkann«, sagte meine Schwester ungeduldig, »sozusagen gegen den Strom schwimmen. Wer oben ist, der bleibt oben. Ich will nur nach den Soldaten schauen.« Dann war sie fort.
Ruth, die beiden Kleinen und ich saßen eng aneinandergeschmiegt unter Deck auf einer kleinen Holzbank und versuchten, uns gegenseitig zu wärmen. Es zog von allen Seiten, immer neue Leute stolperten mit ihren Koffern an uns vorbei.
»Erzähl eine Geschichte!« verlangte Reni.
Anne sah mich bittend an. Es war keine Zeit für Märchen, aber wie sollte ich das den Kleinen beibringen?
»Später«, sagte ich ausweichend und begann, Renis Hände und Füße zu reiben, wie ich das bei Ulla gesehen hatte. Ich trug jetzt die Verantwortung für die Kinder. Wer wußte, wann Ulla zurückkam.
»Mir ist auch kalt«, maulte Ruth.
Jetzt mußte ich mich auch noch um dieses verzogene Ding kümmern. »Du bist doch kein Baby mehr«, meinte ich ärgerlich. »Beweg die Zehen ein bißchen, das hilft bestimmt.«
»Ich bin auch kein Baby mehr«, sagte Reni gekränkt. »Ich werde im Mai schon fünf. Wo ist Mutti?« Sie sah sich um.
»Mutti kommt gleich«, versicherte ich hastig. »Ich wollte euch doch ein Märchen erzählen. Du kannst dir eins aussuchen.« Die Kleine strahlte.
»Ali Baba und die vierzig Räuber«, schlug Ruth vor.
Aber Reni widersprach, schon um des Widersprechens willen. Sie wollte ihre Entscheidung auskosten und überlegte mit gerunzelter Stirn so lange, bis Anne leise mahnte: »Nun sag doch endlich etwas!«
Ich durfte dann von Schneeweißchen und Rosenrot erzählen, wobei Reni jedesmal laut auflachte, wenn ich als Bär mit tiefer Stimme sprach: »Schneeweißchen und Rosenrot, schlägst dir den Freier tot.«
Immer wieder stießen Koffer gegen uns, traten grobe Schuhe auf unsere Füße.

Ich mußte noch von Allerleirauh und vom Teufel mit den drei goldenen Haaren erzählen, bis Ulla den ersten Koffer neben uns stellte und triumphierend sagte: »So, wir haben alles!« Mir wurde ganz flau vor Erleichterung. Weniger um der Koffer willen, auf die hätte ich im Augenblick gut verzichten können. Aber ich war die ganze Zeit die Angst nicht losgeworden, daß Ulla das Schiff doch wieder verlassen hatte.
Wie meine Schwester uns später erzählte, war es den Soldaten unmöglich gewesen, aufs Schiff zu kommen. Ulla und Frau Hack versuchten von Deck aus, durch Winken auf sich aufmerksam zu machen. Sie hatten unsere Helfer in der Menge entdeckt, doch diese konnten die beiden Frauen nicht erkennen. Es wurde immer dunkler. Schließlich ließ Frau Hack ihren langen, weißen Schal im Seewind flattern. Das hatte Erfolg. Die Soldaten winkten erfreut zurück und machten Zeichen, man solle ein Seil herunterlassen.
Ulla trieb tatsächlich ein Schiffstau auf. Die Soldaten banden den ersten Koffer daran fest, und die Frauen zogen ihn mit vereinten Kräften hoch. Es ging sehr langsam, und Frau Hacks kleinster Koffer, der besonders schwer war, wäre wahrscheinlich unten geblieben, wenn Ulla nicht einen Schiffsjungen angesprochen hätte, der dann beim Ziehen half.
»Hätte ich geahnt, daß wir so gut wegkommen«, sagte meine Schwester, »dann hätte ich den großen Koffer nicht in Blumenau stehenlassen.«
Da man auf das Schiff nur einzeln über die Leiter gelangen konnte, dauerte das Verladen der Flüchtlinge die ganze Nacht. Als die »Wartheland« im Morgengrauen endlich auslief, waren etwa sechstausend Personen an Bord. Eine Unmenge Gepäck war am Hafen zurückgeblieben.
Die Kabinen im Oberdeck waren schon besetzt. So stiegen wir hinunter zum Mitteldeck, wo mit Holzwolle ausgelegte, hölzerne Verschläge standen. Einen davon konnten wir für uns in Beschlag nehmen, einen zweiten Frau Hack und Ruth. Bald waren wir eingepfercht wie Heringe in der Dose. Auch auf dem Boden hockten Menschen auf ihren Koffern, dicht bei dicht. Wer hinauswollte, mußte über die Sitzenden steigen. Ganz unten im Frachtraum, in den man durch Luken hineinschauen konnte, waren Schwestern, Mädchen vom Arbeitsdienst und Erwachsene ohne Kinder untergebracht.

Ursprünglich hatte es geheißen, wir sollten bis Swinemünde fahren. Aber wir waren noch nicht lange an Bord, da kam die Nachricht durch, die »Willem Gustloff«, ein mit Flüchtlingen beladenes Schiff, sei nach einer Minenexplosion gesunken. Daraufhin steuerten wir nur Gotenhafen an. Auch der Seeweg, auf den wir gehofft hatten, war zu gefährlich geworden. Jetzt konnte ich es kaum erwarten, das Schiff wieder zu verlassen. Wenn die »Wartheland« auf eine Mine lief, waren wir in unserem Verschlag unter Deck rettungslos verloren. Ehe wir da herauskamen, war das Schiff schon gesunken.
Am liebsten wäre ich mit Ulla und den Kindern während der ganzen Fahrt auf Deck geblieben. Da fühlte man sich nicht so eingesperrt und hatte die Chance, vielleicht noch in ein Rettungsboot zu kommen. Aber ich wußte selbst, daß ein Aufenthalt draußen bei dem eisigen Wind unmöglich war.

Die Reste unseres Brotvorrats, den wir noch von Groß-Blumenau her gespart hatten, teilten wir am Abend. In Pillau hatten wir nur einmal etwas Essen an der Sammelstelle bekommen, und davon war nichts übriggeblieben.
Zur Nacht streckten sich Frau Hack und Ruth auf ihrem Behelfsbett aus. Auch die Mädchen und ich kamen ganz gut zurecht. Schließlich war Reni noch sehr klein. Nur für Ulla war kein Platz mehr. Sie blieb beide Nächte auf der Bettkante sitzen. Ich fand, daß Frau Hack, die immer so freundlich tat, ihr ruhig für ein paar Stunden ihr Bett hätte überlassen können.
Am ersten Morgen brachten Schwestern große Kannen voll Malzkaffee. Es konnte aber nur der etwas bekommen, der ein eigenes Trinkgefäß besaß.
Frau Hack, die praktischer ausgerüstet war als wir, konnte für sich und Ruth einen großen Emailbecher füllen lassen.
»Ich will auch Kaffee«, erklärte Reni.
»Sie können gerne etwas von uns abhaben«, meinte Frau Hack etwas verlegen.
Aber da nahm Ruth schon drei Riesenschlucke, und der Rest in der Tasse lohnte sich wirklich nicht mehr zum Anbieten.
Ulla warf einen kurzen Blick auf ihre Kinder und machte sich auf den Weg. Nach einiger Zeit kam sie strahlend zurück, einen dampfenden Blechbecher in der Hand. Sie hatte ihn an Deck in einer Ecke gefunden und gleich füllen lassen.

»Wenn da nur keine Bakterien dran sind«, sagte Frau Hack besorgt. Doch meine Schwester winkte großzügig ab. Sie habe gründlich ausgespült.
Gegen Mittag zog der kräftige Geruch von Graupensuppe mit Rindfleisch durch das Schiff. Frau Hack war uns auch hier voraus. Sie verfügte über ein Kochgeschirr, das Ruth an ihrem Rucksack baumeln hatte.
Doch diesmal hatte meine Schwester vorgesorgt. Sie war den ganzen Vormittag durch das Schiff gestreift, hatte tatsächlich eine alte, abgestoßene Emailschüssel aufgetrieben und sie so gut wie möglich unter einem Wasserhahn gereinigt.
Der Schwester, die sich mit einem Eimer voll Suppe durch die Wartenden zwängte, hielt Ulla auch die Blechtasse hin.
Die Frau sah sie mitleidig an. »Das lohnt sich doch gar nicht.«
»Das lohnt sich schon«, erklärte meine Schwester. »Das reicht fast für unsere Jüngste.«
Die Nahrungsaufnahme wurde für uns dadurch erschwert, daß wir nur einen Eßlöffel besaßen, den Ulla, Anne und ich nacheinander benutzen mußten. Reni aß aus dem Blechtöpfchen mit dem Teelöffel, obwohl sie mehrfach versicherte, das sei nicht richtig. Sie sei schon fast fünf Jahre alt.
Aber als Ulla ihr erklärte, wir drei hätten viel größere Mägen, die mit einem Teelöffel einfach nicht zu füllen seien, aß sie ohne weitere Widerrede.
Nach dem Essen setzte die Seekrankheit ein. Die Leute, die in dem Raum über uns untergebracht waren, stellten sich an die offene Luke und spuckten die Reste der Graupensuppe nach unten. Es stank erbärmlich. Die unter der Luke Sitzenden, die wegen des engen Raums nicht schnell genug zur Seite rücken konnten, wurden mit dem Erbrochenen besudelt. Es wurde geflucht und gejammert.
Die Möglichkeiten, sich zu reinigen, waren sehr unzulänglich, für Tausende nur einige Hähne mit fließendem Wasser an Deck. Als Toiletten dienten zwei Balken mit je zehn runden Öffnungen ohne Deckel. Darunter war eine Art Trog, in dem dauernd Seewasser lief, so daß sich der Gestank in Grenzen hielt.
Geschlechtertrennung gab es nicht. Männer und Frauen saßen nebeneinander, froh, daß sie nach langem Anstehen endlich einen Platz für ihre Notdurft gefunden hatten.

»Da gehe ich nicht rauf!« erklärte Reni fest. Sie hatte, obwohl die Kleinste, das empfindlichste Schamgefühl. Sie war nicht dazu zu bewegen, ihr Höschen hinunterzulassen.
Tatsächlich hielt sie auch mehr als vierundzwanzig Stunden durch und versuchte es dann erst nachts, als Ulla ihr versicherte, jetzt sei ganz bestimmt kaum ein Mensch da.
Ich hätte mich am liebsten genauso geweigert. Aber das Schlingern des Schiffes hatte ein solches Rumoren in meinen Därmen verursacht, daß ich fast stündlich den langen Weg zum Donnerbalken antreten mußte.
Ulla war nicht so zart besaitet. Sie ließ ihren Mantel hinunter und verrichtete in aller Ruhe ihr Geschäft, während dicht neben ihr ein alter Mann umständlich seinen Hintern mit Zeitungspapier abwischte.
Bei einem meiner nächtlichen Ausflüge zu der Behelfstoilette traf ich die Berlinerin wieder. Mein Herz tat einen Freudenhüpfer, als ich die Stimme mit dem wohlbekannten Tonfall vernahm. Endlich ein bekanntes Gesicht unter all den fremden Menschen!
Die Berlinerin saß am unteren Ende des Balkens und unterhielt lautstark ihre Umgebung.
»Also, wie wir uff det Schiff wollten und ick sah, wie det so vor sich jing, uff die kleene Leiter, da hab' ick mir jesagt: Koffer oder Leben! Na, und denn hab' ick mir für't Leben entschieden. Schließlich bin ick erst fünfundsechzig. Det ist mir entschieden zu früh, um in't Jras zu beißen!«
Ich vergaß das Rumoren in meinen Därmen und wartete, bis sie fertig war und an mir vorbeimußte. Sie freute sich, mich zu sehen, und erzählte mir, daß die junge Frau mit dem Säugling auch auf dem Schiff sei und sie zusammen sogar eine Kabine hätten. »Ick hab' mir immer für 'ne kinderlose Witwe jehalten. Und nun bin ick zur Jroßmutter avanciert.«
Na, die Berlinerin würde schon dafür sorgen, daß der Mutter nicht »die Milch wegblieb«.
Ich fragte sie, ob sie wirklich ihr ganzes Gepäck verloren habe. Sie nickte und machte eine abwertende Handbewegung. »Wat war denn da schon jroß drin! Nischt wie Klamotten. Die Papiere trag' ick sowieso immer unterm Hemd.«
Ich fragte sie noch, ob sie glaube, daß die »Wartheland« auf eine Mine laufen könne.

Sie schüttelte entrüstet den Kopf. »Ausjeschlossen! Ick bin een Sonntagskind. Verlassen Sie sich drauf, Frollein. Wo ick bin, explodiert keene Mine.«
Das tröstete mich irgendwie, und ich begann, etwas von meiner Angst zu verlieren.

Während unseres Schiffsaufenthaltes freundete ich mich ein wenig mit Ruth an. Sie war eigentlich ganz nett, nur eben etwas verzogen. Mit dem kleinen Mensch-ärger-dich-nicht-Spiel, das zu ihrem Gepäck gehörte, vertrieben wir uns stundenlang die Zeit. An Spielsachen hatten wir selbst gar nicht gedacht. Wir hatten jede nur unser Lieblingsbuch und Reni ihre Puppe Hanni. Ruth besaß genug Figuren, so daß wir alle vier spielen konnten, allerdings nur einen Würfel. Und wenn dieser einmal von dem Bett hinunterrollte, auf dem wir lang ausgestreckt lagen, gab es Ärger mit den Umsitzenden, zwischen deren Gepäckstücken wir suchen mußten.
»Im Krieg ist keine Zeit zum Spielen«, sagte die vor uns sitzende, schwarzhaarige Frau giftig, aus deren Pelzkragen ich mit einer Entschuldigung den verlorenen Würfel holte.
»Wozu ist denn im Krieg Zeit?« fragte Ulla interessiert.
Die Frau blieb ihr die Antwort schuldig.
Am zweiten Tag gab es noch einmal Malzkaffee und für jedes Kind eine Scheibe Brot.
»Erwachsene haben einen größeren Magen«, murrte die Frau vor uns. Und wie zum Beweis begann ihr Magen so laut zu knurren, daß wir es alle hören konnten.
»Sollen wir ihr etwas abgeben?« fragte Anne flüsternd.
»Die Zuteilung war ausdrücklich für Kinder«, erklärte Ulla und schob ihr ein Stück Brot in den Mund. »Erwachsene haben zwar einen größeren Magen, können aber auch besser ohne Essen durchhalten.«
Sie selbst lehnte unser Angebot, mit ihr zu teilen, mit der Begründung ab, daß ihr gar nicht gut sei.

Notunterkünfte

Wir erreichten Gotenhafen glücklich, ohne auf eine Mine zu laufen. Für die Fahrt, die sonst nur sieben Stunden dauerte,

hatten wir zwei Tage gebraucht. Dann dauerte es noch einmal zwölf Stunden, bis alle Personen das Schiff verlassen hatten. Es ging ja wieder nur einzeln und nacheinander über das Fallreep. Diesmal hielt sich das Gedränge in Grenzen. Es wurde nicht um den jeweiligen Platz an der Leiter gekämpft. Ob man eine Stunde früher oder später hinunterkam, spielte keine große Rolle. Niemand wußte, was uns in Gotenhafen erwartete, welche Möglichkeiten zur Weiterfahrt es gab.
Freundliche Matrosen halfen uns die Leiter hinunter.
Es war inzwischen Abend geworden. Von See blies ein kalter Wind. Wieder einmal standen wir mit Koffern und Taschen auf der Straße.
»Ich hätte nichts gegen ein Ansteigen der Temperaturen«, sagte meine Schwester fröstelnd und stellte Renis Jackenkragen hoch.
»Am besten fragen wir uns zuerst nach dem Bahnhof durch«, überlegte Frau Hack. »Vielleicht bekommen wir einen Zug.«
So schleppten wir das Gepäck zum Bahnhof.
Auch hier der inzwischen vertraute Anblick: hastende, erregte und erschöpfte Menschen, die auf eine Fahrgelegenheit hofften, die sie in Sicherheit bringen könnte.
Frau Hack ergriff wieder die Initiative, sprach diesen und jenen an und verhandelte schließlich mit einem Bahnbeamten, der ihr bereitwillig Auskunft gab.
Ich beobachtete sie bewundernd. Ruths Mutter sah in ihrem braunen Pelzmantel mit der schicken Kappe auf dem Kopf eher einer eleganten Reisenden als einer Flüchtlingsfrau ähnlich. Kein Wunder, daß der Beamte so zuvorkommend war. Frau Hack gehörte zu den sogenannten »feinen Leuten«, wie Mama diese Schicht voll heimlicher Bewunderung nannte. Ihr Vater war Rechtsanwalt, also ein »Studierter«, und ihr Mann Lehrer bei der Heeresnachrichtenschule. Sie selbst hatte das Abitur, war ein Jahr in England gewesen und konnte sogar Bücher in der fremden Sprache lesen.
Aber jetzt war sie sich nicht zu fein gewesen, auf dem Lande Schweine zu füttern und Wurst zu kochen. Sie hatte auch tüchtig in Feld und Garten gearbeitet, um ihrer Schwester nicht zur Last zu fallen. Zimperlich war sie also nicht!
Ich hatte mich anfangs gewundert, daß sie nicht mit einem Personenwagen flüchten konnte. Beziehungen hatte sie

doch bestimmt. Aber Ulla hatte mich daran erinnert, daß im Krieg alle Privatwagen von der Wehrmacht beschlagnahmt worden waren. Es blieben nur noch Autos für Notfälle zurück, zum Beispiel bei Ärzten. Darum war ja jetzt auch alles auf öffentliche Verkehrsmittel angewiesen.
»Es gehen keine Züge mehr weiter«, berichtete Frau Hack. »Es besteht nur noch Pendelverkehr zu den Nachbarorten.«
Ulla nickte nur. Wir waren zu müde, um noch Enttäuschung zu empfinden. Wir wollten nur noch schlafen.
»Privatunterkünfte gibt es keine mehr«, fuhr Frau Hack fort. »Wir können nur versuchen, im Kino unterzukommen. Dort soll ein Massenquartier eingerichtet sein.«
Die beiden kleinen Mädchen strahlten.
Ein Kino! Das war nach der Fahrt im Zwischendeck eine angenehme Überraschung.
»Vielleicht gibt es einen Märchenfilm«, überlegte Anne.
Reni pflichtete bei: »Vielleicht von den sieben Geißlein.«
»Ich glaube kaum, daß jemand Zeit und Sinn hat, uns Filme zu zeigen.« Meine Schwester seufzte und griff wieder nach den Koffern. »Mir wäre jetzt ehrlich gesagt auch ein Fußbodenlager lieber als ein noch so schöner Kinositz. Gesessen habe ich genug.«
Das Kino, das glücklicherweise nicht weit vom Bahnhof entfernt war, war kaum noch als solches zu erkennen. Draußen hing zwar noch die Reklame von »Der Kongreß tanzt«, und in den Schaukästen waren Bilder der strahlenden Lilian Harvey zu sehen, aber drinnen hatte man die Sitze ausgeräumt und den ganzen riesigen Saal mit Holzwolle ausgelegt. Ulla sollte also doch noch zu ihrem Fußbodenlager kommen.
Der Raum war schon zu zwei Dritteln mit Flüchtlingen gefüllt, die zum Teil dicht nebeneinanderlagen. Einige Gotenhafener Frauen eilten geschäftig hin und her, teilten jedem eine Scheibe Brot zu und empfahlen uns, schnell einen Schlafplatz zu suchen, ehe alles voll sei. In dem Kino war es nur mäßig warm. Wir streckten uns auf der Holzwolle aus und deckten uns wieder mit unseren Mänteln und Decken zu. Ulla schlief fast augenblicklich ein. Bei ihr machten sich die beiden letzten durchwachten Nächte bemerkbar.
Ich war noch zu überdreht, um zu schlafen. Zuviel hatten wir in den letzten Tagen erlebt: Blumenau, der Lastwagen, Pil-

lau, die Schiffsreise und jetzt ein zweckentfremdetes Kino. Die Holzwolle raschelte, wenn sich die Schlafenden drehten. Und sie drehten sich andauernd. Immer aufs neue klappte die Tür, immer neue Flüchtlinge suchten Unterkunft.
Das Stimmengewirr verstummte die ganze Nacht nicht. Kinder plärrten, Mütter beschwichtigten. Immer wieder öffnete ich die Augen in der Hoffnung, die Berlinerin unter den Neuankömmlingen zu entdecken. Aber sie kam nicht. Sicherlich hatte sie für sich und die Säuglingsmutter doch noch ein Privatquartier gefunden.
Ulla schlief wie eine Tote, ohne sich zu bewegen. Auch Frau Hack und die Kleinen atmeten tief und fest. Nur ich selbst wälzte mich unruhig hin und her.
Was würde uns der morgige Tag bringen? Vielleicht mußten wir ewig in diesem Kino bleiben! Nach Berlin konnten wir nicht fahren. Es gab ja nur noch einen Zugverkehr zu den Nachbarorten. Und nach Ostpreußen konnten wir nicht zurück, da wurde überall gekämpft. Ich spürte einen schmerzhaften Stich, wenn ich an Mama und meinen Vater dachte. Sie waren jetzt mitten drin im Kampfgebiet. Vielleicht lebten sie gar nicht mehr. Vielleicht lebte auch meine Freundin Lore nicht mehr und ihr Bruder Siegfried, der gelacht hatte, als wir »auf Wanderschaft« gingen.
Am nächsten Morgen wurde der größte Teil der im Kino Untergebrachten auf Privatquartiere verteilt. Eine Mitarbeiterin der Volkswohlfahrt – der Stelle, die sich vor allem um die Flüchtlinge kümmerte – erschien mit einer langen Liste von Adressen und stellte zusammen: fünf Personen für diese Wohnung, acht für jene.
Gruppenweise verließen die Flüchtlinge das Notquartier.
Jetzt wurden sieben Personen verlangt. Wir sahen uns suchend um. Wo sollten wir den siebenten hernehmen? Schließlich meldete sich eine ältere, alleinstehende Frau, die uns schon vorher aufgefallen war, weil sie statt Koffern nur einen großen Rucksack trug.
Die Frau von der Volkswohlfahrt wies uns darauf hin, daß es nicht sicher sei, ob wir die Wohnung auch bekommen. Der Besitzer, ein Stabsintendant bei der Wehrmacht, wollte nur »anständige« Leute, und wir müßten uns zuerst bei ihm vorstellen.

Fräulein Sokoll, die sich uns angeschlossen hatte, lachte. »Na, dann wollen wir uns mal bemühen, einen guten Eindruck auf den Herrn zu machen.«
Mit der Adresse in der Hand machten wir uns auf den Weg. Ich hatte meine Bedenken, denn nachdem wir tagelang in unserer Kleidung geschlafen hatten, sahen wir ziemlich zerrupft aus. Mir wäre lieber gewesen, wir hätten uns um eine weniger feine Wohnung bemüht.
Aber es ging alles gut. Ullas Federhut und Frau Hacks Pelzmantel taten das ihrige. Der Wohnungsinhaber musterte uns zwar sehr genau, wurde dann aber recht freundlich und erklärte, wir seien hier ganz sicher. Der Luftschutzbunker im Hause sei der beste in Gotenhafen.
Trotzdem hatte er seine Familie schon vor längerer Zeit nach Westdeutschland geschickt. Er zeigte uns dann die Wohnung, in der sich nur ein paar leere Schränke und Bettgestelle sowie etwas Küchengerät befanden. Ich hätte gerne gewußt, warum er um diese kahlen Wände soviel Aufhebens mit »anständigen Leuten« gemacht hatte.
Einziger Luxus war das große Badezimmer, das wir auch benutzen durften. Allerdings ging die Zentralheizung, wie wir erfuhren, nur ein bis zwei Stunden am Tag an. Es war also Glückssache, ob wir warmes Wasser bekamen. Ehe sich unser Wirt verabschiedete, um sein Büro aufzusuchen, sagte er noch: »Auf dem Küchentisch liegt ein Hase. Ich kann ihn nicht zubereiten. Wenn Sie wollen, machen Sie das. Sie können mir ja eine Kostprobe dalassen.«
Das war ein Angebot! Fräulein Sokoll, die sich mit Wild auskannte, zog den Hasen ab, nahm in aus, spickte ihn mit dem Speck aus Frau Hacks Vorratskoffer und schob ihn in den Backofen. Es wurde ein richtiges Festessen. Wir lachten, kauten und schwatzten, prosteten uns mit Wassergläsern zu, in denen echter »Gänsewein« war, wie Fräulein Sokoll augenzwinkernd versicherte, und vergaßen eine Stunde lang alle unsere Flüchtlingssorgen.
Zu allem Überfluß funktionierte am Abend sogar die Zentralheizung.
Wir schrubbten uns gründlich, zogen frische Wäsche an, wuschen die alte aus und hingen sie dann zum Trocknen über die Heizung.

Dann legten wir uns in die Bettgestelle, die Matratzen hatten und somit bequemer waren als der Fußboden im Kino.
Ulla und Frau Hack boten Fräulein Sokoll an, daß sie gerne mit uns zusammenbleiben könne, wenn es ihr mit den Kindern nicht zuviel sei.
Fräulein Sokoll waren die Kinder nicht zuviel, und so blieb sie die nächsten Wochen bei uns.
Wir mochten sie alle. Sie war stets gut gelaunt und hilfsbereit, fünfundfünfzig Jahre alt – eine Schnapszahl, wie sie mit verschmitztem Lächeln meinte – und hatte bei der »Königsberger Allgemeinen Zeitung« gearbeitet. Aus dieser Zeit wußte sie viel Interessantes zu erzählen, was uns später die langen Wartestunden auf Bahnhöfen zu verkürzen half.
Gotenhafen war von den ansässigen Familien größtenteils geräumt. So gab es eine Reihe von Wohnungen, in denen Flüchtlinge einquartiert werden konnten. Dennoch war die Stadt hoffnungslos überfüllt. Siebzigtausend Menschen sollten innerhalb der letzten Tage ausgeladen worden sein. Verschiedene Schiffe waren auf dem Weg nach Swinemünde gesunken. Deshalb liefen die meisten, die von Pillau kamen, schon hier ein, genau wie unsere »Wartheland«.

»Jetzt müssen wir uns erst einmal etwas ausruhen«, meinte meine Schwester, »und diese Wohnung eignet sich gut dazu.«
Ich stimmte ihr zu. Es tat so gut, wieder einmal in richtigen Betten zu schlafen, auch ohne Federbetten. Wenn man nicht auf die Straße ging, wo es von Flüchtlingen nur so wimmelte, konnte man den Krieg fast vergessen.
Sogar Lebensmittelkarten hatten wir erhalten und konnten so die notwendigsten Nahrungsmittel kaufen. Es wäre ein Ort zum Bleiben gewesen, doch Frau Hack drängte: »Wir müssen weiter. Hier sind wir noch nicht sicher.«
So machten wir uns am Montag wieder auf den Weg. Mit einem Personenzug kamen wir bis Neustadt. Weit sind wir nicht gekommen, wieder nur ein paar Kilometer. In Neustadt schickte man uns zuerst in ein Schulgebäude. Hier saßen wir zusammen mit vielen anderen Flüchtlingen auf Bänken und Tischen in überfüllten Klassenräumen. Wenn wir hier die Nacht verbringen sollten, würde es bedeutend unbequemer werden als im Gotenhafener Kino. Während wir warteten,

kam die Leiterin der Neustädter Frauenschaft durch. Wie der Stabsintendant in Gotenhafen sah auch sie sich die Leute ganz genau an und suchte einige »anständige« aus, die sie mit zu sich nach Hause nahm. Wir gehörten Gott sei Dank zu den Auserwählten.

In ihrer Wohnung hatte sie Betten aufgestellt, sogar mit Kissen und Federbetten darin, allerdings ohne Bezüge. Na ja, wenn sie womöglich täglich Flüchtlinge aufnahm, konnte sie nicht jedesmal frische Wäsche bieten. Fräulein Sokoll, die eigene Bettwäsche in ihrem Rucksack hatte, bezog Deckbett und Kopfkissen sorgfältig mit einem sauberen, gestärkten Damastbezug. Wir schlüpften so unter das rote Inlett, das auch ohne Überzug mollig warm war.

Ulla fragte unsere Gastgeberin nach ihrer Familie. Die Frau machte eine vage Handbewegung. Die Kinder habe sie mit der Großmutter »weiter ins Reich« geschickt.

Am nächsten Tag sprachen Ulla und Frau Hack an verschiedenen Stellen in Neustadt vor, um eine Möglichkeit zur Weiterfahrt zu finden. Überall hieß es: »Wo wollen Sie hin? Sie kommen doch nirgends durch. Bleiben Sie lieber hier.«

»Darauf können wir uns nicht verlassen«, entschied Frau Hack. »Auch die Frauenschaftsleiterin hat ihre Kinder weggebracht. Selbst bleibt sie nur, weil sie Schwierigkeiten kriegt, wenn sie ihren Posten aufgibt.«

Am nächsten Tag kam ein Zug durch, halb Güter-, halb Lazarettzug, mit dem fuhren wir bis Lauenburg in Pommern, auch wieder nur ein kleines Stück.

Hier war die Welt für uns zu Ende. Über Stettin fuhr kein Zug mehr, da wurde schon gekämpft, und mit den Truppentransport- oder Urlauberzügen kamen wir nicht mit, weil wir zu viele waren. Mit Fräulein Sokoll waren wir jetzt sieben. Ein einzelner kam noch eher zurecht. Trotzdem blieb Fräulein Sokoll bei uns.

»Wir werden es auch zusammen schaffen«, meinte sie optimistisch. So schliefen wir weiter in einer überfüllten Schule und gingen täglich zum Bahnhof, in der unsinnigen Hoffnung, ein fast leerer Zug möge durchkommen.

Auf dem Bahnsteig sprach uns ein Amtswalter der Volkswohlfahrt an. Er machte uns den Vorschlag, mit einem Zug, der schon abfahrtbereit stehe, erst einmal nach Leba zu fah-

ren. Das sei ein kleines Bad an der Ostseeküste, wir bekämen Privatquartiere und könnten in Ruhe abwarten, bis die Strekke wieder frei sei.
»Ich fahre mit«, sagte Ulla entschlossen und griff nach den Koffern. »Weiter kommen wir jetzt sowieso nicht, und ich habe das Herumziehen zwei Wochen lang gründlich satt.«
Frau Hack zögerte noch, doch Fräulein Sokoll nickte zustimmend, und so saßen wir schließlich alle sieben zusammen mit einer Reihe anderer Flüchtlinge im Zug nach Leba. Die Züge in diese Richtung fuhren noch regelmäßig, waren daher auch nicht überfüllt, und so bekamen wir jeder einen Sitzplatz.
Meine Einwände, ob es nicht doch besser gewesen wäre, in Lauenburg zu warten, bis man weiter nach Berlin könne, wischte meine Schwester mit einer Handbewegung beiseite.
»Wir machen eben jetzt ein bißchen Urlaub an der See. Seeluft ist gesund, besonders im Winter. Und so dünn, wie du bist, Inge, kannst du das gut gebrauchen. Man muß die Feste feiern, wie sie fallen.«
Das war einer ihrer Lieblingssprüche. Er erschien mir hier allerdings nicht sehr passend. Wir befanden uns auf der Flucht und ich konnte nichts Festliches daran entdecken.

Wir hatten noch nie Urlaub gemacht, geschweige an der See. Der Sommer war immer unsere Hauptsaison gewesen, in der das meiste Geld verdient wurde. Vor dem Krieg machten Mama und Ulla schon im April ihre Rastenburger Wohnungen sommerfest, motteten die Winterkleider ein und richteten die Wohnwagen her. Es wurde gefegt, gescheuert und gelüftet, eingepackt und umgepackt.
Ich hatte dem Frühjahr – wegen der Trennung von der Familie – immer mit sehr gemischten Gefühlen entgegengesehen. Um so mehr hatte ich mich dafür auf die großen Ferien gefreut, besonders in den letzten Jahren, als wir in Hohenstein waren. Da hatte ich schon meine festen Freundinnen, die ich besuchen und zu Freifahrten auf dem Autokarussell einladen konnte.
Mama sagte zwar, die Anhänglichkeit dieser Mädchen beziehe sich mehr auf die Freifahrten als auf mich selbst, aber Ulla meinte, man solle das nicht so negativ sehen. Das Karussell und ich seien eben nicht voneinander zu trennen.

Wahrscheinlich war Mama auch nur sauer auf mich, weil ich so wenig in der Würfelbude aushalf und meistens mit den anderen Mädchen unterwegs war.
Plötzlich hatte ich schreckliches Heimweh nach Mama.
Unser Zug ratterte durch die winterlich kahle, pommersche Landschaft, während ich an den ostpreußischen Sommer dachte. Und an meine Mutter.
»Wenn wir erst in Leba sind, haben wir Zeit genug, Nachforschungen nach Mama anzustellen«, tröstete Ulla.

Atempause

Es war wieder Abend, als wir in Leba ankamen, der 6. Februar 1945. Fast alle Stationen unserer zweiwöchigen Flucht hatten wir bisher im Dunkel oder Halbdunkel erreicht. Aber während an den bisherigen Orten Unruhe und Hektik geherrscht hatten, war es hier friedlich. Nur wenige Flüchtlinge stiegen mit uns aus. Einige Lebaer Frauen warteten in der Bahnhofshalle, um die Ankömmlinge in Empfang zu nehmen.
Wir wollten gern wieder alle sieben zusammenbleiben, aber es war nur eine Wohnung für sechs Personen frei, und so mußte sich Fräulein Sokoll mit einem bedauernden Blick von uns trennen.
»Ich komme euch oft besuchen«, tröstete sie sich und uns, ehe sie einer weißhaarigen Frau folgte, die nur eine Einzelperson aufnehmen konnte.
Der Bahnhof leerte sich schnell. Es stellte sich heraus, daß die Frau, die uns eine Wohnung für sechs versprochen hatte, gar keine Flüchtlinge aufnahm, sondern zur Gemeindeverwaltung gehörte. Wir mußten auf den Fischer warten, in dessen Haus wir Unterkunft finden sollten.
»Ein echter Fischer?« fragte Reni interessiert. »So wie der aus dem Märchen mit ‚siner Fru'?«
Die Beamtin lachte. »Genau so einer. Da kommt er schon.«
Ein breiter Mann in dicker Lammfelljacke und Seemannsmütze hatte die Halle betreten. Er schüttelte Ulla und Frau Hack die Hand und sagte: »Na, dann woll'n wir mal.«
Vor dem Bahnhof stand ein Handwagen, in den wir das Gepäck legen konnten. Dann marschierten wir wieder einmal

durch dunkle, fremde Straßen einem unbekannten Ort entgegen, der uns für einige Zeit Sicherheit bieten sollte.
Der Fischer war sehr schweigsam. Auf Frau Hacks Fragen antwortete er nur einsilbig, und so hörte das Gespräch schließlich ganz auf.
Ich versuchte, etwas von unserem neuen Wohnort zu erkennen, aber das war wegen der fehlenden Straßenbeleuchtung und der verdunkelten Fenster nicht möglich. Wir begegneten niemandem. Wahrscheinlich saßen die Einwohner alle gemütlich im Warmen hinter ihren dick verhängten Fenstern.
Als wir in einen kleinen Vorgarten einbogen, erscholl lautes Hundegebell. Wir zuckten erschrocken zusammen. Aber der große, zottige Hund war in einem Zwinger und wurde von dem Fischer schnell beruhigt.
»Wir haben ein Dreifamilienhaus«, erklärte die freundliche Hausfrau, die uns in der Tür empfing. »Sie bekommen die mittlere Wohnung. Sie steht im Augenblick leer.«
Wir erfuhren, daß die Wohnung eigentlich einem Funker gehörte. Aber die Funkstation war in Leba aufgelöst worden, und die Funker hatten ihre Familien mitgenommen. Dann würden uns wohl wieder nur leere Wände erwarten.
Aber wir waren angenehm überrascht. Die Wohnung war noch ausreichend möbliert. Frau Hack nahm das Schlaf-, wir das Kinderzimmer. Der dritte Raum war verschlossen. Die Küche benutzten wir gemeinsam.
Im zweiten Stock wohnte die Fischerfamilie selbst, im Erdgeschoß eine Lehrerin mit ihrer Mutter.
»Was glauben Sie, wie lange Sie bleiben werden?« hatte uns die Fischersfrau gefragt. Aber das wußten wir nicht.
»Warten Sie ab, bis die Bahnstrecke weiter ins Reich wieder frei ist«, hatte man uns in Lauenburg gesagt. Aber das würde bedeuten, daß sich die Russen zurückzögen, und daran glaubten wir langsam nicht mehr.
Gleich am nächsten Tag schickte Ulla ein Telegramm nach Berlin. Vielleicht hatte Tante Anni inzwischen Nachricht von Mama, Papa oder Bert.
Aus dem Radio wußten wir, daß in Rastenburg vier Tage nach unserer Flucht die Rote Armee einmarschiert war und daß in Ostpreußen immer noch heftig gekämpft wurde. Aber wir hatten unterwegs auch Leute getroffen, denen noch nach uns

die Flucht gelungen war. Warum sollte nicht auch Mama durchgekommen sein!
Mama war immer resolut und rüstig gewesen. Sie hätte es bestimmt auch zu Fuß geschafft, allerdings nicht mit Oma und Frau Handke.
Was mochte aus Papa geworden sein? Auch in Hohenstein waren längst die Russen.
Ich besprach meine Sorgen mit Anne. Sie war zwar erst siebeneinhalb, aber in vielem verständiger als Ruth.
Anne dachte lange nach, dann meinte sie zögernd: »Vielleicht hat Oma für die Russen wieder Flinsen gebacken.«
Ihre Zuversicht gründete sich auf eine Episode aus dem Ersten Weltkrieg, die Oma oft erzählt hatte. Meine Großmutter, damals noch eine Frau in den Fünfzigern, war gerade beim Kartoffelflinsenbacken, als ihre damals fünfzehnjährige Tochter Grete hereinstürmte. »Die Russen kommen!«
Oma packte ihren jüngsten Sohn, den sechzehnjährigen Alfred, der begehrlich um den vollen Flinsenteller herumschlich, am Kragen und steckte ihn in die Bodenkammer. Grete schob sie hinterher und verriegelte die Tür.
Dann rührte sie entschlossen die geriebenen Kartoffeln durch, bei denen sich oben das Wasser abzusetzen begann, tat neues Fett auf die Pfanne und briet weiter. Als die ersten russischen Soldaten hungrig das Haus betraten, empfing sie der verführerische Duft frischgebackener Kartoffelflinsen.
Oma öffnete die Küchentür und rief: »Ich bin beim Flinsenbacken! Sie können gleich mitessen!«
Zögernd betraten die Männer die Küche. Oma rückte einladend die Stühle zurecht und warf mit Schwung jedem eine knusprig braune, von Fett triefende Flinse auf den Teller.
Die Soldaten zauderten noch, nahmen dann aber auf einen Wink ihres Hauptmanns – es war mindestens ein Hauptmann, wenn nicht ein General, wie Oma versicherte – umständlich die Mützen ab, setzten sich und machten sich mit Heißhunger über die Flinsen her.
»Zweiundzwanzig Stück hat jeder gegessen«, versicherte meine Großmutter, »es können auch dreiundzwanzig gewesen sein. Ich mußte noch zweimal frische Kartoffeln reiben.«
Dazu löffelten sie Unmengen von der kalten Obstsuppe, die es bei uns immer zu den Flinsen gab.

Als die Soldaten so vollgegessen waren, daß sie sich vermutlich kaum noch rühren konnten, hatten sie sich höflich, mit der Mütze in der Hand, verabschiedet.
Es war zu keiner Hausdurchsuchung gekommen. Und außer den Flinsen in ihrem Bauch hatten sie nichts mitgenommen.
»Ja, unsere Mutter«, pflegte Mama zu sagen, wenn sie diese Geschichte in unserem Bekanntenkreis zum besten gab, »die konnte Flinsen backen!«
Ich hatte erhebliche Zweifel, ob knusprige Kartoffelflinsen auch 1945 noch etwas ausrichten konnten. Zudem bereitete sich Oma nur noch Frühstück und Abendessen selbst zu. Zu Mittag wurde sie abwechselnd von Mama und den Tanten eingeladen. Es war unwahrscheinlich, daß sie beim Einmarsch der Russen gerade am Herd gestanden war.
»Deine Mutter bäckt auch sehr gute Flinsen«, sagte Anne.
Damit hatte sie recht. Aber ich konnte nicht glauben, daß sich solche Glückssituationen wiederholen sollten. Außerdem waren damals die Russen am nächsten Tag abgezogen, während sie jetzt schon fast zwei Wochen in Rastenburg waren.

Wir lebten uns schnell ein. Es tat gut, wieder ein einigermaßen geregeltes Leben zu führen.
Mit Frau Hack kamen wir gut aus. Ich fand, daß sie recht verträglich war. Ulla und sie kochten abwechselnd, und jede lobte dann das Essen der anderen über den grünen Klee.
Auch Ruth wurde verträglicher. Das geregelte Leben schien ihr gut zu bekommen.
Zu frieren brauchten wir hier nicht. Wir hatten Etagenheizung, Koks war genügend vorhanden. Nur das Holz, um die Heizung in Gang zu bringen, fehlte. Wir mußten es in den Wäldern sammeln. So machten wir schon aus diesem Grund viele Spaziergänge und kamen so reichlich in Kontakt mit der »guten Seeluft«, wie es Ulla nannte.
Bis zur Ostsee waren es nur ein paar Minuten, und der Wald war auch ganz nah. Manchmal, wenn wir am Strand entlanggingen und den friedlich tanzenden Wellen zusahen, hörten wir weit entfernt ein leises Grollen, konnten aber nicht feststellen, ob es die Brandung oder Geschützdonner war. Dann runzelte Frau Hack jedesmal besorgt die Stirn und murmelte, daß wir auch hier nicht mehr lange bleiben würden.

Das Wetter war umgeschlagen, der Schnee weggeschmolzen. Nur am Strand türmten sich noch die von den Wellen hochgedrückten Schneereste dünenartig auf. Es war nur noch mäßig kalt. Der Mischwald versorgte uns reichlich mit abgebrochenen Ästen, die wir nicht einmal nachtrocknen mußten, da es längere Zeit nicht geregnet hatte. Unsere kleinen Mädchen sammelten gern Holz.
Wir befanden uns jetzt an der See, so wie ich es mir früher oft gewünscht hatte. Zwei Mädchen aus meiner Klasse fuhren in den Sommerferien immer nach Cranz, dem Ostseebad bei Königsberg, und kehrten jedesmal mit einer ockerfarbenen Bräune zurück, um die wir anderen sie sehr beneideten.
Hoffnungsvoll betrachtete ich mich darum anfangs täglich im Spiegel, da Ulla behauptete, Seeluft bräune auch im Winter. Doch mein mageres Gesicht mit den Sommersprossen um die Nase blieb so blaß wie eh und je.

Nach vierzehn Tagen kam ein Brief von Tante Anni aus Berlin. Sie schrieb, sie sei sehr froh, daß wir aus Rastenburg herausgekommen seien, und riet uns, noch eine Weile in dem Fischerdorf »in Sicherheit« zu bleiben. Nach Ostpreußen könnten wir nicht zurück, und Berlin werde bombardiert.
Von unserer Familie hatte sich noch niemand bei ihr gemeldet. Ulla und Frau Hack hatten sich inzwischen, so gut es ging, in der fremden Wohnung eingerichtet. Das Kinderzimmer, das anscheinend als Arbeitszimmer gedient hatte, wurde fast völlig von einem großen Zeichentisch ausgefüllt. Wir entfernten eine Platte und verkleinerten ihn so auf normale Tischgröße. Hier nahmen wir unsere Mahlzeiten ein.
Sonst standen nur noch ein abgeschlossenes Klavier und zwei Kinderbetten in dem Raum. Reni schlief in dem einen, Anne und ich in dem anderen, Ulla auf dem Fußboden.
Die unter uns wohnende Lehrerin, die den Schlüssel zum Klavier und auch zu dem verschlossenen Zimmer hatte, verhielt sich uns gegenüber anfangs sehr reserviert. Sie empfand eine Einquartierung in diesem gepflegten Haus anscheinend als Zumutung, zumal man ja nicht wissen konnte, was das für Leute waren.
Eine Bresche in diese ablehnende Haltung schlug Reni, die leidenschaftlich gern »auf Besuch« ging und so auch eines

Nachmittags bei Fräulein Lohmann anklopfte. Sie knickste höflich, meinte, sie wolle nur einmal einen Besuch machen, setzte sich in einen der bequemen Sessel und »machte Konversation«, so wie sie es oft bei Ulla gesehen hatte.
Fräulein Lohmann war zuerst verblüfft und dann entzückt. Sie bot Malzkaffee und Kekse an und unterhielt sich mit ihrem kleinen Gast über das Wetter, die »allgemeine Lage« und Omas Garten, in dem man jetzt, wie Reni erklärte, leider nicht Schlittenfahren könne, weil schon die Russen da seien. Nach einer Stunde erhob sich die Kleine. Sie hatte ein gutes Zeitgefühl und wußte von ihrer Mutter, daß man Besuche nicht zu lange ausdehnen sollte.
Fräulein Lohmann brachte sie bis zu unserer Tür, versicherte, was für ein reizendes Kind sie sei, und erkundigte sich, woher die Kleine die »gewählte Aussprache« habe.
»Sie spricht natürlich wie wir«, sagte meine Schwester erstaunt. Ihr war bisher nichts Besonderes an der Redeweise ihrer kleinen Tochter aufgefallen. Dabei hatte Fräulein Lohmann recht. Reni sprach und bewegte sich nicht wie eine Vierjährige. Sie ahmte ständig ihre Mutter nach. Nicht umsonst hatte Papa sie »Ullas Echo« genannt.
Von nun an war Fräulein Lohmann wie umgewandelt. Sie unterhielt sich oft mit uns und lud Ulla und Frau Hack sogar einmal zu einer Tasse Kaffee ein. Anscheinend hatte sie den Eindruck gewonnen, daß wir »anständige«, wenn nicht sogar »gebildete« Leute waren, die die Wohnung der mit ihr befreundeten Funkerfamilie gut behandeln würden.
Als Ulla klagte, sie schlafe so schlecht, gab sie ihr aus dem verschlossenen Zimmer eine Chaiselongue. Bei dieser Gelegenheit konnte ich einen Blick in den Raum werfen, der vollgestopft war mit guten Möbeln, darunter mehreren Polstersesseln und einem großen Bücherschrank. Ich bekam eine richtige Wut auf alle die Leute, die »in Sicherheit« waren und den Flüchtlingen leere Wohnungen oder verschlossene Zimmer hinterließen. Wir hätten ihnen schon nichts kaputtgemacht. Ulla riet uns, besser nicht die Schaustellerei zu erwähnen. Als »fahrenden Leuten« würde man uns mit erneutem Mißtrauen begegnen.
Später schloß uns Fräulein Lohmann sogar das Klavier auf. Da Ulla und Frau Hack recht gut spielten, saßen wir oft am

Abend mit Fräulein Sokoll zusammen und sangen, daß es schallte, von: »Unterm Dach juchhe hat der Sperling seine Jungen« bis zu Berts Lieblingslied: »Man muß nicht immer schwarzseh'n und nicht gleich den Kopf verlier'n, man muß optimistisch sein, darf nicht klagen«. Dabei war Ullas Stimme immer etwas belegt, sie mußte sich mehrmals räuspern, brach schließlich ganz ab und erklärte, sie müsse sich in der scharfen Seeluft erkältet haben. Dann schlug sie aber gleich wieder munter auf die Tasten und spielte für Reni: »Heinzelmännchens Wachtparade« und für Anne: »Dornröschens Brautfahrt«. Es war gut, daß Ulla keine Noten brauchte; denn abends wurde meist der Strom abgeschaltet, und wir saßen dann im Dunkeln oder bei einem Kerzenstummel.
»Nein, ist das bei euch gemütlich«, sagte Fräulein Sokoll, die uns täglich besuchen kam, und rieb sich vergnügt die Hände. Ich glaube, sie war richtig froh, nicht mehr allein zu sein und sozusagen zu unserer Familie zu gehören. Obwohl wir schon eine merkwürdige Familie waren, mit vier Kindern von verschiedenen Eltern, zwei Müttern und ohne Väter.
Wenn wir nicht sangen, erzählte Fräulein Sokoll Geschichten von ihrer Arbeit bei der Zeitung: Von dem pensionierten Volksschullehrer, der pünktlich jeden Sonnabend traurige Liebesgedichte vorbeibrachte, die niemand veröffentlichen wollte. Von dem Druckfehlerteufel, der sich immer wieder in die Artikel schlich und aus »Gefäßen« »Gesäße« oder aus einer »schwierigen Phase« eine »gierige Base« machte.
Sie wußte auch allerlei Interessantes aus der Jugend ihres Vaters zu berichten, der als Friseurgeselle auf Wanderschaft gegangen war und später in Königsberg ein großes Geschäft aufgemacht hatte. »Friseur und Bader« nannte er sich, schnitt den Leuten die Haare, rasierte sie und zog ihnen auch die faulen Zähne. Darüber konnten sich unsere kleinen Mädchen nicht genug wundern. Wenn man Zahnschmerzen hatte, ging man zum Zahnarzt und nicht zum Friseur.
Aber Fräulein Sokoll belehrte sie, daß ein »Bader« eben etwas anderes gewesen war als ein heutiger Friseur und viel umfangreichere Aufgaben hatte.
Auch Frau Hack trug zu den abendlichen Unterhaltungen bei. Sie erzählte von ihrer Zeit in England und brachte den Kindern kleine Dialoge in Englisch bei. Das machte uns allen viel

Spaß. Vor allem wenn unsere Jüngste sich ehrgeizig mühte, ein besonders korrektes »Th« oder »R« zustande zu bringen. »Eine wunderschöne Sprache«, sagte Frau Hack einmal. »Noch bis zum Kriegseintritt Englands habe ich regelmäßig Briefe an meine Freunde drüben geschrieben. Aber das ist jetzt nicht mehr erlaubt. Nicht auszudenken, daß mein Freund Bob womöglich in einem der Kampfflugzeuge saß, vor denen wir geflüchtet sind. Oder daß deutsche Soldaten eine Bombe über dem Haus fallen lassen, in dem Sheila wohnt.«
Wir schwiegen. Der Spaß war uns vergangen.
Dann räusperte sich Ulla und begann, von dem jungen Mann in Ortelsburg zu erzählen, der an einem Nachmittag fünfmal die »Achtzehn« würfelte und mit fünf Hauptgewinnen davonzog. Mama hatte fast der Schlag getroffen. Sie gönnte ihren Kunden ja alles Gute und freute sich auch, wenn jemand mit drei Würfeln zugleich eine Sechs erzielte, schließlich war das ein Anreiz für die anderen Kunden. Aber fünf Hauptgewinne an einem Nachmittag, das war einfach zuviel. Zumal das Geschäft ziemlich schlecht lief und kaum Zuschauer da waren, die die Glückssträhne des jungen Mannes verlocken konnte, selbst etwas Geld in das Würfelspiel zu investieren. Geschichten aus unserem Schaustellerleben hörten Ruth und ihre Mutter zu gerne. Sie fanden es »so romantisch«.
Um den elektrischen Strom auszunutzen, wurde überwiegend nachts oder ganz früh morgens gekocht. So weckte uns eines Sonntags der vertraute Duft frischgebackener Kartoffelflinsen. Wo gibt's denn das, Flinsen schon zum Frühstück? dachte ich verschlafen, streckte mich wohlig aus und erwartete, jeden Augenblick Mama in mein Zimmer treten zu sehen. Doch dann bellte der Hund der Fischersleute, und ich war im Nu hellwach. Nun wußte ich wieder, wo ich war.
Es war gar nicht Mama, die die Flinsen gebacken hatte, sondern meine Schwester. Ulla hatte am Vorabend Dorschleber bekommen und das Fett davon zum Braten benutzt. Zwei Tage stank das Haus noch nach Fisch.
Während alle beim Frühstück tüchtig zulangten und die Flinsen und das Dorschfett in den Himmel lobten, bekam ich kaum etwas hinunter. So hatte mich das Heimweh gepackt. Fisch gab es reichlich in unserem neuen Wohnort, frisch und geräuchert, so viel, wie wir in den ganzen Kriegsjahren nicht

gesehen hatten. Dadurch war das Wirtschaften sehr erleichtert. Frau Hacks Vorräte wurden nicht mehr angerührt, und auf unsere Lebensmittelkarten kauften wir kein Fleisch, sondern Rauchwurst, um etwas für die Weiterfahrt zu haben. Diese ließ nicht mehr lange auf sich warten. Das Grollen, das wir täglich von der Front hörten, wurde immer lauter. Unser Aufenthalt in Leba näherte sich seinem Ende; auch hier waren wir nicht mehr sicher.

Frau Hack mahnte: »Wir müssen weiter! Es wird höchste Zeit! In ein paar Tagen kann es schon zu spät sein.«

Ulla zögerte noch. »Hier wissen wir, was wir haben«, meinte sie und warf einen wehmütigen Blick über das warme Zimmer und den reichgedeckten Tisch.

Fräulein Lohmann bestärkte sie darin: »Hier kann Ihnen gar nichts passieren. Wenn die Front wirklich näher rücken sollte, kommen wir alle mit Fischkuttern weg. Das hat mir noch gestern der Bürgermeister gesagt.«

Tatsächlich lag eine stattliche Anzahl Fischkutter in dem kleinen Hafen. Ob sie für Einheimische und Flüchtlinge reichen würden, konnten wir nicht beurteilen. Auf jeden Fall würde man darauf kaum Gepäck mitnehmen können. Nachdem Ulla die Boote mehrmals mißtrauisch betrachtet hatte, faßte sie ihren Entschluß: »Haben wir uns mit den Koffern so weit geplagt, lasse ich sie jetzt hier nicht stehen.«

So wurde also wieder gepackt. Hierbei gab es nicht viel zu überlegen. An der Zusammensetzung unseres Gepäcks hatte sich seit Rastenburg nichts geändert. Die einzige, die Probleme hatte, war Anne. Sie war gerade dabei, sich durch den umfangreichen Bücherschrank der Wohnungsinhaber zu arbeiten, den Fräulein Lohmann für uns geöffnet hatte.

Wenigstens das Buch, das sie gerade angefangen hatte, »Nesthäkchen und der Weltkrieg«, hätte sie gerne eingepackt. Aber Ulla erlaubte es nicht. »Die Sachen gehören nicht uns. Davon können wir nichts mitnehmen. Außerdem ist dein Tornister voll genug. Und wenn du wirklich noch Platz hast, steck lieber eine Rauchwurst ein!«

Widerstrebend stellte meine kleine Nichte das Buch zurück. Ich war sicher, daß sie viel lieber unterwegs auf die Wurst als auf das Ende des Buches verzichtet hätte.

»Wir hätten es ja zurückschicken können, wenn ich es durchhabe.« Sie seufzte, während sie über der eingewickelten Rauchwurst den prallen Tornister schloß. Ich versuchte ihr zu erklären, daß jetzt, wo kaum Züge verkehrten, auch die Post nicht mehr zuverlässig sei.
Ruth meinte: »Wir haben jetzt andere Sorgen als Bücher.«
Anne schlug erstaunt die blauen Augen auf. Von Sorgen hatte sie nichts gemerkt. Sie hatte drei wunderschöne Wochen verlebt, von morgens bis abends gelesen, nicht durch Schule unterbrochen, nur durch die Spaziergänge.
Noch gestern hatte ihre Mutter gesagt, es sei »nur noch eine Frage der Zeit«, bis wir alle zusammen wieder in Rastenburg sein würden. Der Krieg würde bald aus sein, die Männer heimkehren, und in Omas Haus würden wir dann eine richtige Familienfeier machen, bei der man auch noch für Vati und Opi das Märchen vom Klunkermus vorführen müsse, da diese es ja noch gar nicht gesehen hätten.
Ich wußte nicht, ob Ulla wirklich daran glaubte oder nur die Kleinen beruhigen wollte.

Nur ein paar Stationen

Am Dienstag, dem 27. Februar, machten wir uns frühmorgens auf den Weg. Am Montag hatten wir von dem Fischer in unserem Haus noch einmal Dorsch bekommen. Ulla nahm die Leber heraus und briet diese aus. Das so gewonnene Öl füllte sie in eine kleine Bierflasche und steckte sie in die Reisetasche. Auf meine Frage, was man denn damit anfangen solle, antwortete sie, das sei so gut wie Lebertran, und diesen könne man immer gebrauchen.
An den gebratenen Dorschen aßen wir uns noch einmal gut satt. Der Rest wurde eingepackt, dazu kalte Pellkartoffeln, Rauchwurst und auf der Heizung getrocknetes Brot. Im Laufe unserer Flucht hatten wir Lehrgeld gezahlt. Jetzt waren wir auch für eine längere Zeit gerüstet.
Der Fischer brachte uns mit dem Handwagen zum Bahnhof. Fräulein Sokoll schloß sich uns an. Ein blasser Mond stand noch am Himmel und leuchtete uns den Weg. Möwen flogen über unsere Köpfe und kreischten zum Abschied.

Wir fuhren mit dem Zug zuerst wieder nach Lauenburg, von wo aus wir vor drei Wochen nach Leba evakuiert worden waren. Dort hatten wir Glück und kamen gleich weiter, allerdings nur bis Stolp. Die Züge fuhren alle nur ein paar Stationen weit. Immer wieder mußten die Lokführer warten, ob sie das Signal zur Weiterfahrt bekamen, da in der Nähe vieler Strecken schon gekämpft wurde. In Stolp war der Bahnhof übervoll. Hier hatten sich die Flüchtlinge schon seit Wochen gestaut. Und es verkehrten kaum Züge.
Um die Stadt wieder freizumachen, nahmen die Soldaten, die mit ihren Geschützen in meist offenen Güterwagen durchfuhren, so viele Leute mit, wie nur gerade hineingingen.
Ich wäre auch am liebsten eingestiegen. Seit wir Leba verlassen hatten, war ich wieder so unruhig wie an den ersten Tagen. Das Zimmer mit dem Klavier und den warmen Betten, der volle Brotkorb und die gebratenen Fische waren eine trügerische Sicherheit gewesen. Wir waren wieder draußen und mußten weiter, wenn schon nicht nach Berlin, dann irgendwo anders hin, wo uns der Krieg nicht einholen konnte. Ich wußte nur nicht, wie dieser Ort aussehen sollte.

Früher war Omas Haus der Inbegriff von Sicherheit für mich gewesen, das Haus in der Schützenstraße, in dem wir mit Oma und den Tanten wohnten.
Hierher kehrten wir jeden Herbst von unserem sommerlichen Wohnwagenleben zurück, ernteten Pflaumen und Kartoffeln, sammelten Fallobst, stapelten Holz und gruben den Acker um. Wir klopften den Teppich, scheuerten die kleine Küche und lüfteten die Betten, ehe wir unseren Winterschlaf begannen, wie Mama es nannte. Im Winter erholte man sich von der Hektik der Sommermonate und bereitete sich gleichzeitig auf die neue Saison vor. Mama besserte die Leinwand für die Buden aus, Papa strich, als er noch nicht eingezogen war, das Holz der Schaubuden neu an.
Allerdings hielt mein Vater die Ruhe nicht lange aus. Mehrere Jahre machte er die Musik für die Eisbahn auf dem Oberteich, mit der Lautsprecheranlage, die sonst für das Karussell benutzt wurde. Beim Eistanz hatte Ulla Bert kennengelernt. Einige Winter fuhr Papa mit der Kasperbühne über Land, spielte in Schulen und Gasthaussälen, anfangs von Ulla und

Bert unterstützt, später von einem Angestellten, der mit hoher Stimme die Frauenrollen sprach, da Ulla sich um Anne kümmern mußte.
Mama sagte zwar: »Das haben wir nicht nötig. Was wir im Sommer verdient haben, reicht auch für den Winter.«
Aber schon weil wir alle auf die Bäckerei sparten, war sie doch ganz froh, daß noch etwas zusätzlich hereinkam. Zumal einer der sechs Hilfskräfte, die Papa für den Sommer einstellte, auch über den Winter bei uns blieb und »durchgefüttert« wurde. Er schlief in Omas Bodenkammer, putzte die Schuhe im ganzen Haus und machte sich »nur fürs Essen« nützlich, wo er konnte. Gehalt konnte Papa ihm im Winter natürlich nicht zahlen.
Mamas winterliches Hobby war das Anfertigen von Rosen für die Schießbude, obwohl wir kaum noch Platz auf dem Boden hatten, um sie zu lagern. Eigentlich sollten sie im Sommer nur von einem Tag auf den anderen hergestellt werden. Aber Mama versicherte, im Winter gelängen sie ihr besonders gut. Aus rotem und gelbem Seidenpapier zupfte meine Mutter mit Hilfe eines kleinen Messers prächtige Blüten, die die Blumen, die wir uns alljährlich von einer Chenille- und Papierblumenfabrik schicken ließen, fast in den Schatten stellten.
Am liebsten hätte Mama den ganzen Bedarf für die Schießbude hergestellt – schließlich sparte man dadurch auch eine Menge Geld – aber einmal hätte sie dann im Sommer kaum Zeit zum Kochen gehabt, zum anderen wären ausschließlich Rosen aus Seidenpapier am Schießstand zu eintönig gewesen. So kauften wir also weiterhin künstliche Margeriten, Birkenzweige mit gelben Raupen daran, Fuchsschwänze und kleine Schornsteinfeger dazu.
Unsere Winterabende waren warm und gemütlich. Wenn ich vom Schlittschuhlaufen auf dem Oberteich nach Hause gekommen war, saßen Mama und ich im Wohnzimmer unter der Stehlampe. Ich lernte englische Vokabeln, das Seidenpapier unter Mamas flinken Fingern raschelte, im Kachelofen prasselte das Feuer, Äpfel schmorten in der Röhre. Manchmal, wenn die Kinder schon schliefen, kam auch Ulla herüber, half Mama bei den Rosen und beim Wollewickeln oder fragte mich Vokabeln ab. Dann sangen wir auch zusammen. Mama hatte eine sehr schöne Stimme, und ihr Vorrat an dra-

matischen Liedern war schier unerschöpflich: »Eine Heldin wohlgeboren«, »Zu Straßburg auf der Schanz«, »Ein Grenadier auf dem Dorfplatz stand« und viele mehr.
Besonders zu Herzen ging mir immer das Lied von der schönen Jägerin Elisabeth, der »Heldin wohlgeboren«, die unwissentlich ihren abgewiesenen Verehrer Eduard erschoß, der sich in ein Bärenfell gehüllt hatte. Die Ärmste starb schließlich an gebrochenem Herzen.
Ulla lachte dann oft und sagte: »Nun aber Schluß mit den Trauergesängen! Jetzt singen wir etwas Flottes!« und trällerte los: »In einem Bächlein helle, da schoß in froher Eil', die launische Forelle, vorüber wie ein Pfeil.«

Auf dem Stolper Bahnhof war es zugig und kalt. Ich versuchte, nicht mehr an die gemütlichen Abende zu Hause zu denken und wandte mich wieder der Gegenwart zu.
Ulla löste ihren Blick von den offenen Güterwagen, die gerade aus dem Bahnhof rollten. »Mit so etwas können wir auf gar keinen Fall fahren, da holt ihr euch höchstens eine Lungenentzündung.«
Frau Hack und Fräulein Sokoll gaben ihr Recht.
Im Warteraum wärmten wir uns etwas auf, aßen die mitgebrachten Pellkartoffeln und etwas Dorschfleisch und tranken Pfefferminztee aus der Thermosflasche, die Fräulein Lohmann uns mitgegeben hatte.
Am Nachmittag kam wieder ein Güterzug.
Diesmal waren auch einige geschlossene Waggons dabei. In einem von ihnen fanden wir alle sieben Platz.
Auch jetzt ging es nur einige Kilometer weit bis Nassow, das auch noch in Pommern lag. Dort wurde die Lokomotive abgekoppelt.
Wie uns ein Eisenbahnbeamter mitteilte, bestand keine Aussicht, daß unser Zug weiterkam.
In dem kleinen Ort nach Quartier zu suchen, war nicht ratsam. Man mußte auf dem Bahnhof bleiben, wenn man einen durchfahrenden Zug nicht verpassen wollte. Da dies unter Umständen Tage dauern konnte, erschien es angebracht, sich nach etwas Verpflegung umzusehen.
Der Bahnhof lag weit außerhalb des Ortes, und Ulla, Frau Hack und Fräulein Sokoll beschlossen, in einem Bauernhaus

nach Essen zu fragen. Ich sollte mit den Kindern und dem Gepäck auf dem Bahnhof bleiben, allerdings nicht in dem Güterwagen. Ulla hatte Angst, daß sich doch noch eine Lokomotive für den Zug finden könnte und sie uns nicht mehr antreffen würde, wenn sie zurückkam.
Sie blieben lange weg. Meine Aufgabe war es, in der Zwischenzeit die Kleinen bei Laune und in Bewegung zu halten, damit sie nicht froren. Wir spazierten den Bahnsteig auf und ab, um das Bahnhofsgebäude herum, spielten Fangen und sprangen Seil. Dabei hatte ich immer unsere Koffer im Auge. Zwar hatte ich im Laufe unserer Flucht viel zurückgelassenes Gepäck gesehen, um das sich niemand kümmerte, aber es wäre ja möglich gewesen, daß sich jemand ausgerechnet für unsere Sachen interessierte, in der Hoffnung, dort etwas besonders Kostbares oder gar Eßbares zu finden. Wie ich einen möglichen Dieb allerdings davon abhalten sollte, unsere Koffer zu durchsuchen, wußte ich nicht.
Wir sahen die Lokomotive abfahren. Sicher sollte sie irgendwo anders einen wichtigeren Zug ziehen. Die vier Wagen voller Flüchtlinge blieben stehen.
Endlich kamen die drei Frauen zurück. Wie Ulla berichtete, hatte man ihnen auf einem entlegenen Gehöft Pellkartoffeln gekocht und noch warm mitgegeben. Auch die Thermosflaschen waren mit heißem Tee gefüllt. Ulla atmete auf, als sie uns sah. »Ich habe dort wie auf Kohlen gestanden! Immer dachte ich, ihr seid womöglich doch wieder in den Zug gestiegen, und der wäre dann abgefahren.«
Nun richteten wir uns in dem Güterwagen ein, so gut es ging. Immerhin bot er Schutz gegen die Kälte, und zum Schlafen rückten wir dicht zusammen, um uns zu wärmen.

Der Lazarettzug

Nach zwei Tagen kam ein improvisierter Lazarettzug mit Verwundeten und ihren Betreuerinnen durch, der in Nassow hielt. Er hatte Köslin wegen Panzeralarms überschnell verlassen müssen.
Das war unsere Chance, obwohl es zunächst überhaupt nicht danach aussah.

Die Schiebetüren der Güterwagen blieben auch auf Klopfen und Rufen hin fest verschlossen. Nur gelegentlich lugte ein Kopf heraus und rief unwillig: »Hier ist alles voll!«
Schneller als Ulla hatte Frau Hack begriffen, daß man hier, wenn überhaupt, nur einzeln wegkommen konnte.
»Wir müssen uns trennen«, sagte sie entschlossen, packte Ruth und ihre Koffer und lief nun allein den Zug entlang.
Fräulein Sokoll knüpfte Verhandlungen mit dem Zugführer an, der sie schließlich auf die Lokomotive steigen ließ.
Es hatte angefangen zu regnen, ein Teil der Flüchtlinge zog sich resigniert ins Bahnhofsgebäude zurück.
Ich hörte, wie Frau Hack rief: »Ich habe Selbstgeschlachtetes im Koffer! Das reicht für den ganzen Wagen!«
Gespannt beobachtete ich sie. Würden ihr die Rauchwürste den ersehnten Platz verschaffen?
Tatsächlich öffnete sich eine Tür. Frau Hack winkte kurz mit schuldbewußtem Gesicht zu uns hinüber und verschwand mit Ruth hinter der Holzwand des Güterwagens.
Ich sah ihr entsetzt nach. Erst Fräulein Sokoll, nun Frau Hack! Fast fünf Wochen waren wir miteinander durch dick und dünn gegangen. Jetzt ließen sie uns im Stich. Zum erstenmal bemerkte ich bei Ulla so etwas wie Panik. Sie sah aus, als würde sie gleich die Türen einschlagen.
»Kommt!« sagte sie mit zusammengebissenen Zähnen. Und dann lief sie mit uns den Zug entlang, im strömenden Regen, dreißig Waggons rauf, dreißig Waggons runter, klopfte, rief, bettelte, hämmerte mit den Fäusten gegen die Türen: »Machen Sie doch auf, bitte, ich habe drei Kinder!«
Unsere Mäntel und Schuhe waren längst durchnäßt. Die Feder auf Ullas Hut sah zerrupft und unansehnlich aus und wippte traurig auf und ab.
Wir hatten keinen Regenschutz. Wer sich in Ostpreußen im Winter auf die Reise begibt, bei minus zwanzig Grad, packt keinen Schirm ein.
Ich dachte, vielleicht wäre sie mit nur zwei Kindern eher weggekommen. Vielleicht wäre ich besser in Rastenburg geblieben, bei Mama!
Wir liefen weiter die Wagen entlang. Ulla ließ keine Tür aus. Die Leute drin mußten ihren Spruch schon auswendig kennen. »Ich habe drei kleine Kinder. Bitte machen Sie auf!«

»Die lassen uns nie rein, Ulla!« rief ich verzweifelt.
»Steter Tropfen höhlt den Stein«, sagte meine Schwester kurz und klopfte und hämmerte weiter, immer eindringlicher.
Unter den Wartenden begann sich Unruhe auszubreiten. Es schien, als würde der Zug bald abfahren.
Ein Soldat sprach Ulla an: »Sie sind doch die Frau mit den drei Kindern, die schon ein paarmal geklopft hat?«
Ulla nickte.
»Bei uns ist noch etwas Platz. Sie können mitkommen.« Ganz selbstverständlich griff er nach unseren Koffern. Wir folgten ihm zu einem Güterwagen am anderen Ende des Zuges, dessen Tür auf sein Klopfen bereitwillig geöffnet wurde.
»Da sind sie«, sagte der Soldat, hob die beiden Kleinen hoch und schob sie in den Waggon. Wir kletterten hinterher.
Der scharfe Geruch von Urin, Schweiß und Desinfektionsmitteln schlug uns entgegen.
»Tür zu!« rief eine Frauenstimme. »Es zieht!«
Augenblicklich wurde die Tür bis auf einen schmalen Spalt wieder geschlossen. In dem fensterlosen Wagen war es fast dunkel. Nachdem sich meine Augen etwas an das Dämmerlicht gewöhnt hatten, konnte ich einige Frauen und Soldaten erkennen, die auf rohen Holzbänken saßen. Auch ein paar pritschenähnliche Betten waren aufgestellt, in denen auf Strohsäcken die Schwerverletzten lagen.
»Sie verdanken es nur dem Hauptmann, daß wir Sie mitgenommen haben«, meinte eine der Frauen mürrisch. »Eigentlich ist hier alles voll.« Sie wies auf einen Strohsack auf dem Boden. »Da können Sie sich setzen.«
Ich hätte mich auch auf den nackten Fußboden gesetzt, so froh war ich, der Kälte und Nässe draußen entronnen und wieder in Sicherheit zu sein. Gleich würde der Zug abfahren und uns wieder ein Stück weiterbringen. Von einem Lazarettzug, in dem Soldaten saßen, würde man bestimmt nicht die Lokomotive abkoppeln.
»Für die Kleine ist es doch zu hart auf dem Boden. Sie kann zu mir ins Bett«, sagte eine schwache Männerstimme. Sie gehörte dem schwerverwundeten Hauptmann, auf dessen Veranlassung man uns eingelassen hatte. Er stammte aus dem Rheinland, hatte selbst fünf Kinder, und Ullas Stimme hatte in ihm die Vorstellung erweckt, seine Frau könnte auch ein-

mal so mit den Kindern unterwegs sein und keine Aufnahme finden. Darum hatte er den kleinen Soldaten geschickt, uns zu holen. Trotz seiner Schmerzen scherzte er mit uns, und als Reni auf sein Angebot, in seinem Bett zu schlafen, den Kopf schüttelte und Ulla höflich dankte, meinte er, die Kleine könne es sich ja noch bis zur Nacht überlegen.

Ich hatte anfangs gedacht, die auf den Bänken sitzenden Soldaten wären gesund und auf dem Weg zu ihren Truppen. Aber wie sich herausstellte, hatten sie Bein- und Hüftverletzungen. Der Mann, der uns die Koffer getragen hatte, war am Oberarm verwundet. Wir schämten uns richtig, daß wir das nicht bemerkt und ihn die Koffer hatten tragen lassen.

Der Zug blieb noch eine Weile stehen. Einmal kam Frau Hack vorbei, klopfte und rief, jetzt würden auch noch die Wagen angehängt, in denen wir vorher gesessen hatten. Da sei noch Platz. Aber Ulla wollte nicht. Die Lazarettwagen boten größeren Schutz. Sie würden sicher nicht so schnell irgendwo abgehängt wie Waggons, in denen nur Flüchtlinge saßen.

Endlich setzte sich der Zug in Bewegung. Wieder einmal rollten wir ein Stückchen weiter nach Westen.

Ulla atmete auf und drückte die Kleine an sich: »Was bin ich froh, daß wir endlich fahren.«

»Wer weiß, wie lange die Fahrt geht«, sagte ein älterer Mann, dessen Hals in einem dicken, steifen Verband steckte. »Hinter Köslin sind wir schon von Tieffliegern angegriffen worden.«

Tiefflieger! Ich merkte, wie meine Hände feucht wurden. Also bot auch der Lazarettzug keine Sicherheit. Jeden Augenblick konnten Schüsse knallen oder Bomben fallen.

Die Helferinnen bewegten sich sicher in dem dunklen Wagen, verteilten Medikamente, schoben die Bettpfannen unter und wechselten Verbände. Die blutigen warfen sie hinaus. Gegen Abend bot der Hauptmann Reni noch einmal an, in seinem Bett zu schlafen. Er konnte es nicht mit ansehen, daß solch ein kleines Kind auf der Erde saß. Aber Reni war nicht dazu zu bewegen. Sie schlief mit niemand anderem zusammen als mit ihrer Mutter, und so saß sie lieber die folgenden beiden Nächte auf Ullas Schoß, wobei sie tief und fest schlief, während meine Schwester sich kaum rühren konnte.

Der Strohsack, den man uns zugewiesen hatte, bot gerade Platz für uns zum Sitzen. An Liegen war nicht zu denken.

Wir lehnten uns mit den Rücken gegeneinander, um ein wenig Halt zu haben. Manchmal nickte ich für ein paar Minuten ein. Aber die unbequeme Lage oder ein plötzliches Halten des Zuges weckten mich stets schnell wieder auf.
In dem Waggon bullerte ein kleiner Kanonenofen, um den sich alles drängte und der auf Betreiben des Hauptmanns auch nachts nicht ausging, damit »die Kinder es auch warm haben«. So konnten auch unsere durchnäßten Sachen wieder trocknen. Die Soldaten waren alle freundlich zu uns. Nur die drei Betreuerinnen blieben mürrisch. Sie hatten Arbeit und Sorgen genug mit den Verwundeten und empfanden uns als unnötige, zusätzliche Belastung.
Glücklicherweise verfügten wir noch über etwas Proviant. Wir hatten die in Leba gerösteten Brotscheiben, an denen wir jetzt kauen konnten. Da sie steinhart waren, waren wir den halben Tag damit beschäftigt. Auch von der Salami in Annes Tornister war noch etwas da.
Ulla bot dem Hauptmann davon an, aber es ging ihm so schlecht, daß er kaum Nahrung zu sich nehmen konnte. Zu trinken gab es reichlich, Ersatzkaffee und Kräutertee. Auf dem Ofen summte den ganzen Tag der Wasserkessel. Aber Ulla ermahnte uns, mit Flüssigkeit sparsam zu sein. In dem Güterwagen gab es natürlich keine Toilette, und wir mußten unsere Notdurft, wenn es uns plötzlich überkam, über kleinen Blechbüchsen verrichten.
Ich fand das noch schlimmer als den Donnerbalken auf dem Schiff. Dort hatte man wenigstens auf einer verhältnismäßig großen Öffnung gesessen, aber hier, bei der Gemüsedose, ging mir regelmäßig der größte Teil daneben und lief dann als schmales Rinnsal den Fußboden entlang.
Die Frauen rümpften die Nase, und Ulla versuchte, die Spuren mit einem alten Lappen zu beseitigen. Reni benutzte die Büchse in den zwei Tagen, die wir in dem Zug zubrachten, nur einmal. Sie hatte eine stabile Blase.
Die Lust auf große Geschäfte war auch uns anderen vergangen. Man konnte es allenfalls versuchen, wenn der Zug auf freier Strecke hielt. Dann öffneten sich überall die Türen, und die Insassen verschwanden hinter dem Bahndamm, um ihren Darm zu entleeren. Bevor der Zug weiterfahren sollte, tutete der Lokomotivführer. Dann mußte man sich beeilen.

durften nacheinander etwas davon in eine Schüssel voll kaltem Wasser schütten.
Die bizarren Gebilde, die wir vorsichtig aus dem Wasser holten, sollten uns etwas über die Zukunft sagen.
Wir Kinder waren immer sehr aufgeregt dabei; Mama und die Tanten nicht minder, wenn sie es sich auch nicht anmerken ließen. Nur Oma und Ulla blieben ungerührt. Oma war mit ihren Gedanken seit langem mehr in der Vergangenheit als in der Zukunft, und Ulla hielt Bleigießen genau wie Kartenlesen, das von den Tanten mit Leidenschaft betrieben wurde, für Hokuspokus. Sie machte nur mit, um uns nicht den Spaß zu verderben. Darüber, wie die unterschiedlich geformten Bleistückchen zu deuten seien, kam es zwischen Mama und den Tanten oft zu hitzigen Wortgefechten, die meist mit einem »Unentschieden« zwischen Tante Lene und meiner Mutter endeten. So konnten wir uns die günstigste Interpretation aussuchen.
Nur Reni entschied selbst, was ihr Bleistückchen sein sollte. Für sie war nur Ullas Meinung maßgebend. Aber Ulla beteiligte sich nicht an den Deutungen.
»Es ist eine Krone«, verkündete meine kleine Nichte bestimmt und hielt das vielzackige Gebilde unter die Lampe, damit es jede gebührend bestaunen konnte.
»Ich werde eine Prinzessin, so wie Schneewittchen.«
»Du bist meine Königstochter jüngste«, sagte Ulla zärtlich und zog sie auf die Knie.
Reni schwoll vor Stolz. »Ich bin Muttis Königstochter jüngste, hast du gehört?« Triumphierend blickte sie ihre Schwester an und setzte sich die winzige Krone auf den Kopf.

Der Zug hielt schon wieder auf freier Strecke. Warum, wußte niemand. Alle Züge auf unserer Flucht hatten stundenlang auf freier Strecke gehalten. Unheimlich zu wissen, daß vielleicht nicht weit von uns in diesem Augenblick gekämpft wurde, so nah, daß der Zug nicht vorbeifahren konnte.
Reni schreckte hoch, als das gleichförmige Rattern des Zuges verstummte. »Erzähl von Königstochter jüngste!« befahl sie schlaftrunken.
Ulla sah müde aus. Sie rieb sich die vom Gewicht ihrer Tochter befreiten, eingeschlafenen Arme.

Ich seufzte heimlich und zog die Kleine zu mir heran. Anne, die nicht geschlafen, sondern mit großen Augen in den Waggon gestarrt hatte, schob sich erwartungsvoll näher.
Ich begann: »In den alten Zeiten, wo das Wünschen noch geholfen hat . . .« Meine Gedanken schweiften ab. Wenn das Wünschen heute noch helfen würde, dann säße ich jetzt nicht in einem dunklen Güterwagen, sondern zu Hause bei Mama unter der Stehlampe.
»Du sollst nicht aufhören!« sagte Reni vorwurfsvoll.
Ich begann noch einmal: »In den alten Zeiten, wo das Wünschen noch geholfen hat, lebte ein König, dessen Töchter waren alle schön, aber die jüngste war so schön, daß die Sonne selber, die doch so vieles gesehen hat, sich verwunderte, sooft sie ihr ins Gesicht schien.«
Alle diese Märchen hatte ich schon viele Male erzählt. Die beiden Kleinen kannten sie in- und auswendig.
»Königstochter jüngste, mach mir auf!«

Mama hatte an Silvester eine ovale Bleikugel gegossen. Ich hielt sie für ein Hühnerei. Aber Tante Lene meinte bedeutungsvoll: »Das ist eine Bombe.«
Oma hatte aufgeblickt, und Mama hatte gesagt: »Red keinen Unsinn, Lene, es ist eine Kaffeebohne. Nächstes Jahr wird es eine Extraration Kaffee geben, das Blei lügt nicht!«
Ich glaubte nicht mehr, daß Mama in diesem Jahr eine Extraration ihres geliebten Kaffees bekommen würde. Vielleicht war wirklich eine Bombe gefallen, und das Haus in der Schützenstraße war längst ausradiert, samt Mama und allen Verwandten.
Während ich weiter von dem Frosch erzählte, der pitschepatschenaß auf der Marmortreppe saß und zur Königstochter ins Zimmer wollte, versuchte ich, mir Omas Haus vorzustellen, das graue, einstöckige Gebäude mit den hohen, schmalen Fenstern, dem Acker, auf dem die Winterkartoffeln gezogen wurden, dem Blumen- und Obstgarten, der sich einen breiten Hang hinunterzog.
Im Frühjahr blühten die wilden Pflaumenbäume schneeweiß, und die Veilchen unter den Stachelbeerbüschen leuchteten so blau, daß ich es vom Schlafzimmerfenster aus sehen konnte. Ihrem Nutzen entsprechend waren der Obst- und Gemüse-

garten ausgedehnt, der Blumengarten war dagegen klein. Oma hatte ihn hinter dem Haus angelegt, dem Hof vorgelagert, an dessen einer Seite sich die Holzställe entlangzogen, in denen jede Familie Holz, Kohlen und Kartoffeln lagerte. Früher wurden dort Schweine und Hühner gehalten.

Gegen den Hof wurde der Blumengarten durch den Fliederbaum abgeschirmt, den Opa vor mehr als vierzig Jahren gepflanzt hatte und dessen langgestreckte, vom scharfen Ostwind umgebogene Krone sich haltsuchend über den langen Stapel Bretter legte, aus denen Papa einen neuen Schuppen bauen wollte, wenn der Krieg vorüber war. Von Mitte April an kletterte ich mit Anne täglich auf den Bretterstapel, um den Stand der Blüten zu beobachten. Wichtig war, daß sie sich bis zum Muttertag öffneten. Das gab prächtige Sträuße für Oma, Mama, Ulla und die Tanten, auch wenn Tante Lene noch nie Mutterfreuden entgegengesehen hatte. Waren die Dolden aufgebrochen, machten wir uns einen Spaß daraus, auf den Brettern zu hocken und die Blüten auszusaugen, die süß und unverkennbar nach Sonne und Frühling schmeckten. Bald überzog sich auch die Jasminlaube neben dem Blumengarten mit weißen Knospen; eine kleine Hütte aus morschen Brettern, ohne Tür, mit einer schmalen Sitzbank, von dem dichten Laubwerk des Jasmins überwuchert. Hier machte ich im Sommer meine Schularbeiten, das Heft auf den Knien, während Tante Lene schalt, bei dem Gestank – so nannte sie den betäubenden Blütenduft – könne kein Mensch einen klaren Gedanken fassen, geschweige denn für die Schule lernen. Außer mir benutzte sonst niemand die Laube. Mama war ohnehin im Sommer nicht mehr da, und Tante Liese mahnte sorgenvoll: »Müßiggang ist aller Laster Anfang!«

Denn ich saß natürlich nicht nur lernend, sondern vor allem lesend in dem Blütenhäuschen; manchmal allerdings auch mit einem Eimer Stachel- oder Johannisbeeren, die ich saubermachen mußte. Während ich die Johannisbeeren von den Rispen löste, ließ ich Unmengen davon in meinem Magen verschwinden. Ich aß sie zu gerne, während Tante Lene sich schüttelte und rief: »Marjell, das saure Zeug!«

Für sie waren die Beeren nur mit sehr viel Zucker erträglich. Ich mochte auch die wilden, sauren Pflaumen, die wir im Herbst im Überfluß ernteten. In Omas Garten hatte man nie

Pflaumenbäume gepflanzt. Die Früchte waren vor Jahren über den Nachbarzaun gefallen, hinter dem sich ein großer Obstgarten befand, in dem grünliche Pflaumen wuchsen, die wir »Spinnen« nannten.
Da in dem strengen Winter 1927/28 alle Apfelbäume bis auf den mit den Kurzstielchen erfroren waren, hatte man die kleinen Pflänzchen wachsen lassen. Es waren Bäume geworden. Oma nannte den hinteren Teil des Gartens, in dem sie sich ausgebreitet hatten, abfällig den »Wildgarten«. Sie ging nie dorthin, ließ nur einmal im Jahr von Papa das Gras dort mähen und rümpfte die Nase über die »Bettelpflaumen«, die die Tanten und meine Mutter bergeweise einkochten. Aber sie ließ die Bäume stehen. Sie störten ja keinen. Es war Platz genug für Bohnen, Erbsen und Beeren, mehr als die Frauen im Haus verarbeiten konnten.

Der verwundete Hauptmann stöhnte und wälzte sich unruhig hin und her. Eine der Helferinnen schob ihm eine Bettpfanne unter. Es roch scharf nach Kot und Schweiß.
Für einen kurzen Augenblick wurde die Wagentür weit geöffnet. Der eisige Luftzug ließ uns frösteln. Die leichter verwundeten Soldaten murrten. »Es ist noch keiner erstunken, aber viele erfroren«, meinte einer.
Die Tür wurde wieder geschlossen.
Einige Soldaten waren auf ihren Holzbänken eingeschlafen, andere versuchten, beim Schein einer Taschenlampe Karten zu spielen. Dabei unterhielten sie sich halblaut. Sie sprachen von Panzerangriffen und Schützengräben, von der Schlacht um Stalingrad, von gefallenen Freunden.
Einer berichtete, er habe das Notabitur gemacht und sei mit dreiundzwanzig Klassenkameraden ins Feld gerückt. Von den dreiundzwanzig lebe außer ihm noch einer. »Das Büffeln fürs Abitur hätten sie sich sparen können«, sagte er.
Ein anderer, von Beruf Förster, erzählte, daß er wegen seiner Treffsicherheit zum Scharfschützen ausgebildet worden sei. Bei feindlichen Angriffen schoß er mit Zielfernrohr auch aus großer Entfernung auf jeden sich nähernden Gegner genau in Kopfhöhe. Sein Schuß war fast immer tödlich.
»Der Auftrag des Scharfschützen ist zu vernichten«, hatte man ihm in dem Spezialkurs gesagt.

»Wie viele hast du denn schon?« fragte der Abiturient.
Der andere zuckte mit den Schultern. »Ich habe sie nicht gezählt. Ich versuche jedesmal, mir vorzustellen, daß es nur Punkte sind, die ich in der Ferne sehe, feindliche Punkte, die mich vernichten wollen, keine lebenden Menschen. Sonst halte ich das nicht durch.«
Eine Weile schwiegen sie. Dann sagte der Junge: »Daran werde ich mich nie gewöhnen, an das Töten.«
Der Förster entgegnete: »Früher habe ich auf Rehe und Hirsche geschossen. ‚Old Surehand' haben sie mich genannt.«
Er stand auf, um ein neues Holzscheit und eine Schaufel Kohlen nachzuwerfen. Für kurze Zeit flackerte das Feuer auf und bleuchtete die müden Gesichter.
»Ich bin aus Wormditt«, sagte ein Dritter, »da sind schon seit Januar die Russen. Meine Frau erwartet unser viertes. Sie sollte zu unseren Verwandten nach Sachsen. Aber da ist sie bis jetzt nicht angekommen.«
Die Soldaten schwiegen. Der Mann aus Wormditt räusperte sich und hielt seine Armbanduhr gegen die Taschenlampe. »Es ist schon nach zwölf. Wieder ein neuer Tag, der dritte März. Heute vor dreizehn Jahren habe ich geheiratet. Wollt ihr mir nicht zum Hochzeitstag gratulieren?«
Niemand antwortete.
Der dritte März! Seit wir Leba verlassen hatten, hatten wir auf keinen Kalender mehr gesehen.
Es war mein fünfzehnter Geburtstag!
Ulla, die mit hochgezogenen Knien auf dem Strohsack kauerte, legte den Arm um mich. »Herzlichen Glückwunsch, Liebes«, sagte sie leise. »Mögen wir deinen nächsten Geburtstag in einer freundlicheren Umgebung feiern!«
Der Zug hielt mit einem jähen Ruck.
»Pinkelpause!« rief einer der Soldaten und öffnete die Tür. Der naßkalte Luftzug ließ uns erschauern. Man hörte Stimmengewirr und ganz deutlich Kanonendonner.
»Kopf hoch, wenn der Hals auch dreckig ist!« sagte meine Schwester und drückte mich einen Augenblick fest an sich. Ich merkte, wie mir die Tränen hochstiegen. Früher pflegte Ulla mich mit diesem Spruch nach schlechten Klassenarbeiten aufzumuntern. In unserer Situation, ungewaschen wie wir waren, war er traurige Wirklichkeit geworden.

Am Sonnabend früh hielt der Zug in Pasewalk, einer kleinen pommerschen Stadt. Nicht einmal bis Mecklenburg hatten wir es in den fast zwei Tagen geschafft. Der Hauptmann hatte in der zweiten Nachthälfte nicht mehr gestöhnt. Als die Helferinnen morgens die Tür einen Spalt öffneten, um Licht und frische Luft hereinzulassen, lag er ganz still.
Er war tot.
Pasewalk galt als unsere Endstation. Flüchtlinge und Verwundete mußten den Zug verlassen. Fröstelnd und mit steifen Gliedern von dem langen unbequemen Sitzen standen wir auf dem Bahnsteig, sahen endlich wieder Tageslicht. Ich hatte das Ende unserer Bahnfahrt so herbeigesehnt. Jetzt wußte ich nicht, ob ich mich darüber freuen sollte.
Der Güterwagen hatte uns wenigstens Schutz gegen Nässe und Kälte geboten. Und er hatte uns, wenn auch langsam, ein Stückchen weitergebracht. Jetzt ging alles wieder von vorne los: Notquartier, sich nach Essen anstellen, versuchen, sich in einen überfüllten Zug zu zwängen.
Die Volkswohlfahrt hatte im Wartesaal eine Art Bahnhofsmission eingerichtet. Hier drängte sich alles, um sich nach den Möglichkeiten zur Weiterfahrt oder nach einer Unterkunft zu erkundigen.
Wir blieben mit unserem Gepäck in der Vorhalle stehen. Ulla sah mutlos und müde aus.
»Gehen wir jetzt wieder in ein Kino zum Schlafen, Mutti?« fragte Anne, die ihre kleine Schwester fest an der Hand hielt.
Ulla schüttelte den Kopf. »Wir sind immer noch in Pommern. Hier können wir nicht bleiben.«
»Ich will aber nicht mehr in einem Güterwagen fahren«, sagte Reni und verzog den Mund zum Weinen.
In diesem Augenblick eilte Frau Hack auf uns zu, energiegeladen wie eh und je. »So, das haben wir erst einmal geschafft«, meinte sie zufrieden. »Jetzt müssen wir nur sehen, wie wir schnell weiterkommen.« Sie sagte wieder »wir«, als ob wir noch zusammengehörten und sie uns nicht vor zwei Tagen schmählich im Stich gelassen hätte.
Ulla reagierte auch ziemlich kühl und einsilbig, aber Frau Hack schien das nicht zu bemerken.

»Achten Sie doch bitte einen Augenblick auf meine Koffer«, sagte sie munter, ohne eine Antwort abzuwarten, und verschwand mit Ruth in dem Gedränge an der Bahnhofsmission. Jetzt fehlte nur noch, daß Fräulein Sokoll wieder auftauchte. Dann wäre es so, als hätten wir uns nie getrennt.
Aber von Fräulein Sokoll war keine Spur zu entdecken. Vielleicht saß sie schon in irgendeinem anderen Zug. Als Einzelperson kam sie bestimmt schneller weg. Dem Stimmengewirr konnten wir entnehmen, daß Pasewalk überfüllt war und keine Flüchtlinge mehr aufnehmen konnte.
»Alle Ostpreußen nach Sachsen!« rief eine Bahnbeamtin, die sich mit einem Lautsprecher durch die Menge zwängte. »Ein Zug steht auf Gleis drei und fährt in Kürze ab.«
Viele der Umstehenden verließen die Halle.
»Ulla«, drängte ich, »warum fahren wir nicht? Sachsen ist weitab von der Front. Da sind wir in Sicherheit.«
»Du hast keine Ahnung«, sagte meine Schwester ungeduldig. »Sicherheit alleine macht's auch nicht. In Sachsen war schon im Herbst die Ernährungslage sehr schlecht, viel schlechter als bei uns. Wie soll es da erst mit den vielen Flüchtlingen werden! Womöglich bekommen wir nicht einmal Lebensmittelkarten. Ich habe das Fahren ins Blaue hinein satt. Am liebsten würde ich mich ordnungsgemäß evakuieren lassen.«
Das konnte ich gut verstehen. Evakuierung war etwas Sicheres, bedeutete behördliche Einweisung in irgendeine kleine Wohnung, kein Massenquartier; bedeutete Lebensmittelkarten und Feuerung, ähnlich wie in Leba. Ulla schärfte uns ein, uns ja nicht vom Fleck zu rühren, und stürzte sich nun selbst in das Menschengewimmel im Wartesaal.
Schon nach kurzer Zeit kam sie zurück. Sie hatte erfahren, daß in Bad Kleinen in Mecklenburg Extrazüge für Flüchtlinge eingesetzt wurden. Wir mußten also versuchen, nach Bad Kleinen zu kommen. »Das werden wir schon irgendwie schaffen«, meinte meine Schwester. Jetzt, wo sie ein Ziel vor Augen hatte, wirkte sie wieder optimistischer. Ich konnte ihre Zuversicht nicht teilen. Aus eigener Erfahrung wußte ich, wie schwer es war, in einen überfüllten Zug zu kommen.
Jetzt eilte auch Frau Hack herbei. »Es wird ein Zug nach Hamburg gemeldet!« rief sie aufgeregt. »Er fährt durch Mecklenburg. Kommen Sie schnell!«

Wir griffen nach den Koffern und hasteten auf den Bahnsteig, wo der Zug gerade einlief.
Wieder einmal verwünschte ich unser Gepäck, das uns nur langsam fortkommen ließ.
Das übliche Gedränge an den Trittbrettern setzte ein. Männer, Frauen, Kinder, Koffer, alles mußte durch die engen Türen.
Vor uns versuchte sich eine ältere Frau mit zwei Cockerspaniels den Weg zu bahnen. Neben mir schob eine junge Mutter mit entschlossenem Gesicht einen Zwillingskinderwagen. Es war mir schleierhaft, wie sie damit in den Zug wollte.
»Wir müssen es getrennt versuchen!« rief Frau Hack.
Ich bekam einen kräftigen Stoß von hinten und landete auf einem Trittbrett. Ulla reichte mir Reni nach, dann kletterte auch Anne hoch.
»Machen Sie doch mal Platz für die Kinder!« sagte jemand.
Wir hatten wieder einmal Glück gehabt. Mit allen Gepäckstücken saßen wir in einem Gang des überfüllten Zuges. Ich konnte es noch gar nicht fassen, so schnell war es gegangen.
»Hoffentlich ist Frau Hack auch mitgekommen«, meinte meine Schwester besorgt. »Schließlich hat sie uns den Tip mit diesem Zug gegeben.« Am liebsten hätte sie einen Erkundungsgang durch den Zug gemacht, aber das war wegen der vollgestellten Gänge nicht möglich.
»Ich habe Hunger«, klagte Reni. Ulla brach zwei Scheiben unseres steinharten Röstbrotes auseinander und legte die letzten Scheiben Rauchwurst drauf.
»Bald gibt es wieder richtiges Essen«, sagte sie optimistisch. »Wartet nur, bis wir erst in der Evakuierung sind.«
»Aber wir fahren jetzt doch nach Hamburg!« warf ich ein. »Wir werden doch gar nicht evakuiert.«
Um uns herum begann eine erregte Diskussion, wohin der Zug nun eigentlich führe.
»Das weiß keiner so genau«, bemerkte ein hagerer Mann mit tiefliegenden Augen und unnatürlich blasser Gesichtsfarbe. »Am Anfang heißt es, der Zug fährt nach Stettin oder Hamburg, und dann ändert er unterwegs ein paarmal die Richtung, oder es heißt nach zehn Kilometern: Endstation.«
Eine dicke Frau, die auf einem hohen Sack saß, aus dem das rote Inlett eines Federbettes hervorlugte, nickte beifällig. »Da

sagen Sie was Rechtes. Wir können froh sein, wenn wir bis Mecklenburg kommen. Und das kann dauern.«
Sie griff in ihre Tasche, holte das dritte, dick mit Wurst belegte Butterbrot hervor und begann geräuschvoll zu kauen.
Mir wurde ganz schlecht beim Zuschauen.
Wer solch eine Verpflegung bei sich hatte, war entweder vom Lande oder noch nicht lange auf der Flucht. Reni betrachtete die Frau mit verlangenden Augen und zählte ihr jeden Bissen in den Mund. Dann hielt sie es nicht mehr aus. »Ich möchte auch solch eine Stulle«, erklärte sie und sah die Frau erwartungsvoll an.
»Du hast doch dein Röstbrot«, sagte Ulla verlegen.
Aber die Frau lachte gutmütig. »Na, dann will ich mal sehen, ob noch etwas da ist.« Sie kramte in ihrer Tasche und hielt der Kleinen eine köstlich duftende Klappstulle hin.
Reni strahlte. Dann versuchte sie mit ihren kleinen Händen die Scheibe in vier Teile zu brechen, so wie Ulla es mit dem harten Brot getan hatte.
»Es reicht, wenn du es mit Anne teilst«, sagte ich schnell. »Mutti und ich essen dafür euer Röstbrot weiter. Wir mögen das sehr gerne.«
»Wirklich?« fragte die Kleine zweifelnd.
»Wir sind ganz wild darauf«, versicherte Ulla und zwinkerte mir zu. »Es ist so gut für die Zähne.«
Die neben uns Sitzenden lächelten verständnisinnig, und die dicke Frau lachte so herzlich, daß der Bettsack, auf dem sie saß, hin und her wackelte. Trotz meines hungrigen Magens fühlte ich mich einen Augenblick lang richtig gut. Ulla und ich, wir verstanden uns, und ganz gleich, was kam, wir würden zusammenhalten und die Kleinen durchbringen.
Trotz der Enge war die Stimmung in unserem Waggon nicht gedrückt. Allen merkte man die Erleichterung an, es »geschafft zu haben«, auf dem Weg weiter ins Reich zu sein.
Auch dieser Zug hielt gelegentlich auf freier Strecke, aber es war kein Geschützdonner zu hören. Das bedeutete, daß die Front weiter entfernt sein mußte, und ich begann aufzuatmen. Wo wir auch hinfuhren, aus dem Schlimmsten schienen wir herauszusein.
Dann tauchten die ersten mecklenburgischen Orte auf. Fast auf jedem Bahnhof stiegen einige Leute aus, was mich

verwunderte. Wie konnte man seine Flucht unterbrechen, wenn man in einem Zug saß, der einen weiterbrachte?
Aber Ulla belehrte mich, daß hier keine Gefahr drohe. Gekämpft wurde in Ostpreußen und Pommern, aber nicht in Mecklenburg. Wahrscheinlich hatten viele der Flüchtlinge hier Verwandte und waren somit schon am Ziel.
Ich dachte, wenn wir hier Verwandte hätten, würde ich trotzdem nicht aussteigen. Mecklenburg war noch nicht weit genug von der Front entfernt. Der Frieden hier war ein trügerischer Frieden. In Leba hatten wir uns anfangs auch ganz sicher gefühlt. Und dann war doch die Front so nahe gerückt, daß wir wieder fliehen mußten.
Am besten war es, mit diesem Zug so weit wie möglich zu fahren. Außerdem versuchten auf fast jedem Bahnhof hochbepackte Reisende, in unseren Zug zuzusteigen, ein Zeichen, daß Mecklenburg nicht so sicher war, wie es schien.
Bei einem längeren Aufenthalt auf einem kleinen Bahnhof hatte eine am Fenster sitzende Frau von einem Bahnbeamten erfahren, daß unser Zug nicht bis Hamburg fahre, sondern nur bis Güstrow oder Rostock. Er sollte aber auch in Bad Kleinen halten, von wo aus ständig Flüchtlinge evakuiert würden.
Ulla war sichtlich erleichtert. Wir befanden uns auf keiner Fahrt ins Blaue mehr. Wir hatten ein Ziel. In Bad Kleinen würden wir keine unerwünschten Ankömmlinge sein. Hier würde das Flüchtlingsproblem aller Voraussicht nach im Nu gelöst, indem man die Menschenmassen auf die umliegenden Dörfer und Kleinstädte verteilte.
»Von Bad Kleinen fahren täglich Flüchtlingszüge«, hatte der Bahnbeamte versichert. »Da ist für jeden Platz.«
»Mein Gott, was freue ich mich auf ein richtiges Bett«, sagte meine Schwester und rieb sich den schmerzenden Rücken. »Das Sitzen auf Strohsäcken und Koffern ist auf die Dauer auch nicht das Wahre.«
Am Spätnachmittag hielt der Zug auf einer kleinen Station.
»Stavenhagen!« verkündete eine Männerstimme.
Draußen rief jemand laut Ullas Namen.
Meine Schwester sprang auf. »Das ist Frau Hack!« sagte sie aufgeregt und zwängte sich ans Fenster. Ich drängte nach.
Frau Hack und Ruth waren die einzigen, die hier ausgestiegen waren.

Ich konnte es kaum glauben. Frau Hack, der es nirgendwo sicher genug gewesen war, die uns immer gedrängt hatte, weiterzufahren, wollte schon in Mecklenburg bleiben.
Ruths Mutter erklärte hastig, sie habe gehört, Trecks aus der Nähe von Sensburg seien auf dem Weg nach Mecklenburg. Hier in Stavenhagen habe sie eine Cousine, und bei der wolle sie in Ruhe die Ankunft ihrer ostpreußischen Verwandten abwarten. »Es sieht so aus, als sei unsere Flucht zu Ende«, sagte sie und drückte Ullas Hand zum Abschied. »Ich bin so froh, daß Sie es auch geschafft haben.«
Der Zugführer gab das Abfahrtsignal. Dann setzte sich der Zug in Bewegung. Etwas verloren stand Frau Hack mit Ruth an der Hand zwischen ihren Koffern. Sie winkte, aber ihr fröhliches Lächeln wirkte nicht ganz echt. Ob sie ihren Entschluß, die Flucht hier abzubrechen, schon bereute?

D-Zug nach Hamburg

Es war Mitternacht, als wir endlich in Bad Kleinen ankamen. Die meisten Flüchtlinge stiegen mit uns aus.
Eine kleine Abordnung BDM-Mädchen und HJ-Jungen, kaum älter als ich, erwartete uns. Sie waren sehr höflich und erklärten uns, daß leider nur noch im Kindergarten Platz sei.
»Uns ist alles recht«, sagte meine Schwester müde. Sie trug Reni, die im Zug eingeschlafen war, auf dem Arm. Die Kleine blinzelte nur einmal kurz, dann schlief sie weiter, den Kopf auf Ullas Schulter.
Es dauerte lange, bis die Leiterin der Helfergruppe die Flüchtlinge aufgeteilt hatte. Wir gehörten zu der ersten Gruppe und warteten vor dem Bahnhof darauf, daß uns endlich jemand zu unserem Nachtquartier führte. Es war kalt und zugig, und ich spürte wieder mein Reißen in den Knien. Fast beneidete ich Ruth, die jetzt sicher schon in Stavenhagen in einem weichen, frischbezogenen Bett lag.
Unter den wartenden Flüchtlingen fiel uns eine jüngere Frau mit einer Schar Kinder auf. Das jüngste mochte etwa zwei Jahre alt sein. Die Frau hatte auf dem Bahnhof einen Gepäckwagen organisiert und ihr ganzes Gepäck einschließlich der drei kleinsten Kinder daraufgetan.

Anne versuchte, die Kinder zu zählen. Aber sie mußte mehrmals von neuem beginnen, weil sie eines der Kinder, die zwischen den Wartenden Verstecken spielten, übersehen hatte. Es waren genau zehn!
»Du lieber Himmel!« sagte meine Schwester ehrlich erschüttert und fragte die Frau: »Wie haben Sie es nur geschafft durchzukommen, ohne die Kinder zu verlieren?«
Die Frau zuckte mit den Schultern. »Glück gehabt«, meinte sie gleichmütig, »war immer jemand da, der uns weitergeholfen hat. Außerdem hab' ich ja die Trude.«
Mit Trude, einem kräftigen, hellblonden Mädchen, kam ich schnell ins Gespräch. Sie war die Älteste, sechzehn Jahre alt und schon seit zwei Jahren aus der Schule. Ihre Mutter hatte in Allenstein einen kleinen Kramladen geführt, der Vater war gefallen. Wegen der kleinen Geschwister hatte Trude keine Lehrstelle angenommen, sondern in Haushalt und Geschäft mitgeholfen.
Mit dem letzten Zug waren sie aus Allenstein herausgekommen, kurz bevor der Bahnhof bombardiert wurde. Also waren sie schon länger unterwegs als wir.
Ich dachte daran, wie schwer es für uns mit nur zwei kleinen Kindern gewesen war weiterzukommen und daß Frau Hack und Fräulein Sokoll sich von uns getrennt hatten, weil wir zu viele gewesen waren. Und jetzt trafen wir eine Familie, die es mit zehn Kindern geschafft hatte.
»Wie seid ihr bloß in die Züge reingekommen, Trude«, fragte ich, »wie aufs Schiff? Und ihr habt sogar noch Gepäck dabei.«
Trude zuckte mit den Schultern, auf dieselbe Art wie ihre Mutter. Sie schien auch deren Ruhe geerbt zu haben. »Gepäck hat jeder von uns getragen, außer den ganz Kleinen. Und bei den Zügen hat man uns oft vorgelassen.«
»Uns hat kaum jemand vorgelassen«, sagte ich, »nicht einmal mit zwei Kindern.«
»Eben«, Trude lachte, »ihr habt zuwenig Kinder. Das macht keinen Eindruck. Auf der Flucht ist es am besten, man hat entweder gar keine Kinder oder ganz viele.«
»Die Frau mit den zehn Kindern, bitte!« rief die Leiterin.
Trude grinste mir zu. »Ich hab's dir doch gesagt. Entweder gar keine Kinder oder ganz viele. Wir sind immer bei den ersten, die ein Quartier bekommen.«

Sie packte die Deichsel des Gepäckwagens und zog los, umringt von mehreren kleinen Geschwistern, die »Trude, Trude!« riefen und von ihr alles mögliche über die neue Unterkunft und eine eventuelle Mahlzeit wissen wollten.
»Alle Achtung!« sagte Ulla, die den Davonziehenden nachblickte, leise. Ich dachte dasselbe.
Neun jüngere Geschwister wollten versorgt, gespeist und getröstet werden. Mir war schon manchmal die Verantwortung zuviel gewesen, die ich für Anne und Reni hatte übernehmen müssen. Aber was war mein bißchen Aufpassen und Geschichtenerzählen schon gegen das, was Trude leistete. Das bessere Quartier, das sie vielleicht erwartete, gönnte ich ihr von Herzen.
Zwei BDM-Mädchen und zwei HJ-Jungen führten uns schließlich zu unserem Quartier. Müde trotteten wir hinter ihnen her durch die nachtdunklen Straßen.
Die Mädchen unterhielten sich halblaut und lachten, wenn die Jungen ihre Späße machten.
Für sie war der Krieg anscheinend noch nichts Schlimmes, Bedrohendes, sondern nur eine Gelegenheit, nachts lachend miteinander durch die Straßen zu spazieren. Uns schienen sie ganz vergessen zu haben.
Ich kam mir ihnen gegenüber alt und erfahren vor. Es schien Jahre her zu sein, daß Lore und ich so mit Werner Sadowski und Peter Dietzmann nach einem Kinobesuch nach Hause gegangen waren.
Wir hatten »Quax, der Bruchpilot« mit Heinz Rühmann gesehen, einen Film, der eigentlich erst ab sechzehn freigegeben war. Lore hatte sich die Haare hochgesteckt und ich mir ein Kopftuch umgebunden, damit man meine Zöpfe nicht sah. Ich hatte mich bemüht, ein möglichst erwachsenes Gesicht zu machen. Aber trotzdem wäre es wahrscheinlich schiefgegangen, wenn nicht eine freundliche alte Frau eingegriffen hätte. »Kommen Sie, Fräuleinchen, Sie gehören zu mir«, hatte sie gesagt, mich am Arm gepackt und an der Kasse zwei Karten verlangt: »Für mich und meine Enkelin.« Da hatte niemand mehr nach meinem Alter gefragt, und Lore war auch noch mit durchgerutscht. Im Kino hatte ich dann der Frau die Karte bezahlt, und sie hatte augenzwinkernd gemeint: »Viel Spaß noch, Fräuleinchen!«

Es war ein wunderschöner Film, und auf dem Nachhauseweg hatte Werner Heinz Rühmann so täuschend echt nachgemacht, daß wir Tränen lachten.
Im Kindergarten erwartete uns kein Massenquartier mit Strohschütten auf dem Fußboden, sondern ein separater Raum, nur für uns, mit Kinderbetten für die Kleinen und Feldbetten für Ulla und mich.
Zum erstenmal seit Tagen konnten wir zum Schlafen unsere Kleider ausziehen. Wir wuschen uns nur die Hände. Zu einer gründlichen Reinigung, die wir alle dringend nötig gehabt hätten, waren wir zu müde.
Die Betten waren frisch überzogen und knisterten, als wir hineinschlüpften. Es war ein merkwürdiges Knistern, ganz anders als bei frischgestärkter Wäsche. Meine Hand glitt über den Bezug, um die Stoffbeschaffenheit zu ergründen. Da blieb mein lange nicht beschnittener Fingernagel hängen und riß ein großes Loch.
Jetzt wußte ich, woraus der Bezug war: aus dünnem Papier, hygienisch einwandfrei und für immer neue Flüchtlinge ohne lästige Wäsche auswechselbar.

Am nächsten Morgen meldeten wir uns auf der Flüchtlingssammelstelle und erhielten Brot und Tee.
Dann schleppten wir unser Gepäck zum Bahnhof, um dort auf einen der Züge zu warten, die Flüchtlinge in die Evakuierung bringen sollten.
Wir warteten den ganzen Tag, kein Zug kam. Es schien auch niemand für eine Evakuierung zuständig zu sein, weder auf der Sammelstelle, noch bei der Volkswohlfahrt, geschweige denn auf dem Bahnhof. So übernachteten wir wieder im Kindergarten.
Am nächsten Tag machten wir uns schon morgens um fünf auf den Weg, in der Hoffnung, vielleicht in einen nicht angekündigten Frühzug steigen zu können.
Wir sahen eine Reihe bekannter Gesichter aus unserem letzten Zug: die Frau mit dem Bettsack, die Reni das Wurstbrot geschenkt hatte, den blassen Mann mit den tiefliegenden Augen, sogar die Frau mit den beiden Cockerspaniels. Nur Trude und ihre Geschwister konnten wir nicht entdecken. Dabei wären sie nicht zu übersehen gewesen. Vielleicht hat-

ten sie schon am Vortag einen ganz frühen Zug bekommen, oder sie waren so gut untergebracht, daß sie aus Bad Kleinen gar nicht mehr fortwollten.
Gegen Mittag lief ein improvisierter Lazarettzug mit angehängten Güterwagen ein. Das Ziel war weder den Insassen noch dem Lokführer bekannt. Ulla zauderte. Eine Fahrt ins Ungewisse hatte sie nicht vorgehabt.
Reni nahm ihr die Entscheidung ab. Sie, die sonst so brav war, stampfte mit den Füßen und schrie: »Ich will nicht mehr in einen Güterwagen!«
Ulla nahm sie auf den Arm, um sie zu beruhigen. »Still, mein Kleines, sei still. Wir fahren ja nicht mit.«
Neben uns standen zwei etwa zwanzigjährige Mädchen, die im Arbeitsdienst gewesen waren. Beide wollten zurück in ihre Heimatstadt, die eine nach Travemünde, die andere nach Hamburg. Sie kümmerten sich ganz lieb um unsere beiden Kleinen, nahmen Ulla die schluchzende Reni ab und schenkten ihr und Anne ein Bonbon. Mit der ungewohnten Leckerei im Mund beruhigte sich Reni schnell.
»Wo soll ich nun bloß hin?« fragte Ulla ratlos. »Eigentlich wollten wir ja nach Berlin, aber dahin fährt kein Zug.«
»Kommen Sie mit nach Travemünde«, schlug das braunhaarige Mädchen vor.
»Fahren Sie mit nach Hamburg«, meinte die Blonde.
Ulla überlegte. Travemünde war ihr kein Begriff. Aber in Hamburg war Bert einmal drei Tage lang gewesen, als er 1929, in der Zeit der Arbeitslosigkeit, für einige Monate als Schiffskoch angeheuert hatte. Er hatte oft davon erzählt.
»Wir fahren nach Hamburg«, sagte meine Schwester entschlossen. Sie schien der Meinung zu sein, daß jetzt, wo sie sich für ein Reiseziel entschieden hatte, auch jeden Augenblick ein Zug durchkommen müßte.
Das Mädchen aus Hamburg teilte ihren Optimismus. »Ich habe vorhin einen Bahnbeamten gefragt. Es wird stündlich ein planmäßiger D-Zug Richtung Norddeutschland erwartet.«
Planmäßig ist gut, dachte ich, wo der Zug schon mehrere Stunden überfällig war. Wer wußte, wo er steckengeblieben war, ob er nicht gerade bombardiert wurde! Oder ob er längst seine Richtung geändert hatte und gar nicht durch Bad Kleinen fuhr! Vielleicht war überhaupt gar kein Zug unterwegs,

und der Bahnbeamte hatte eine Falschmeldung erhalten. Und falls der Zug tatsächlich kam, würde er sicher so überfüllt sein, daß wir gar nicht mitkämen.
»Es hat Einfahrt der D-Zug nach Hamburg!« rief eine Lautsprecherstimme. »Vorsicht an der Bahnsteigkante!«
Ich glaubte meinen Ohren nicht zu trauen.
Es war einfach unvorstellbar. Nicht nur, daß überhaupt ein Zug kam, er wurde sogar angekündigt, als handelte es sich um eine Ferienreise und nicht um eine Massenflucht.
Vielleicht hatte Ulla doch recht gehabt. Mecklenburg war weit von der Front entfernt. Da brauchte, wenn ein Zug durchkam, noch keine Panik zu herrschen. Die Einwohner Bad Kleinens schienen jedenfalls noch nicht an eine Flucht zu denken. Dennoch war der Bahnhof voller Menschen.
Der Zug, der einlief, unterschied sich deutlich von den Zügen, mit denen wir bisher gefahren waren. Es war ein moderner D-Zug mit abgetrennten Abteilen. Die Sitzplätze waren natürlich alle besetzt, aber die Gänge noch nicht vollgestellt. Mit Hilfe der Arbeitsdienstmädchen zwängten wir uns in eines der Abteile, von den Insassen mit scheelen Blicken betrachtet, denn jetzt wurde es eng.
Unser Gepäck hatten wir im Gang so gestapelt, daß noch Platz zum Durchgehen blieb. Daß es gestohlen würde, brauchten wir nicht zu befürchten. Jeder im Zug hatte selbst mehr als genug zu tragen. Wir standen zwischen den sich gegenübersitzenden Reisenden und versuchten, uns an der Tür oder am Gepäcknetz festzuhalten, wenn der Zug in eine Kurve fuhr und zu schlingern begann.
Zwei Plätze in unserem Abteil waren von einem Mann belegt, der seine Beine lang auf dem gegenüberliegenden Sitz ausgestreckt hatte. Die Stehenden murrten, aber die neben dem Mann sitzende Frau, die sehr um ihn besorgt war, reagierte schroff und unfreundlich. Dann erklärte sie, ihr Mann habe halbgelähmte Beine und könne nicht anders sitzen.
Dem Kranken schienen die Beschwerden peinlich zu sein, denn er nahm schließlich schwerfällig die Beine vom Sitz herunter. Daraufhin stand seine Frau auf und bot Ulla mit säuerlichem Lächeln ihren eigenen Platz an. »Mein Mann muß die Beine hochlegen. Lieber stehe ich eine Weile. Sie können ja jetzt die Kleine auf den Schoß nehmen.«

Ulla lehnte zuerst ab, weil sie über die unfreundliche Art der Frau verärgert war. Dann aber setzte sie sich doch, Renis wegen. Diese konnte sich in dem Abteil besonders schlecht festhalten, zumal sie es beharrlich vermied, das Knie eines Reisenden als gelegentliche Stütze zu benutzen.
»Wenn Sie sich etwas ausgeruht haben, hätte ich den Platz allerdings gerne wieder zurück«, meinte die Frau etwas verlegen, während sie am Gepäcknetz Halt suchte.
Ulla sah sie an. »Das ist doch wohl selbstverständlich.«
Die Frau sagte: »Damit habe ich trübe Erfahrungen.«
Später durfte ich mit Anne auf dem Schoß auch noch ein Weilchen sitzen, ehe wir den Platz zurückgaben.
Die Frau war inzwischen freundlicher geworden. Sie erzählte, sie sei aus Lübeck und habe ihren Mann aus Pommern geholt. Er hatte dort bei der Wehrmacht im Büro gearbeitet und war allein nicht reisefähig.
Meine anfängliche Abneigung gegen die Frau verwandelte sich in Bewunderung. Es gehörte schon Mut dazu, allein in den Osten zu fahren und einen halbgelähmten Mann aus dem Kampfgebiet herauszuholen.
Reni begann unruhig zu werden und flüsterte mit ihrer Mutter. Ulla antwortete leise: »Wir haben nicht mehr viel zu essen.« Dann suchte sie in der grünen Tasche und teilte das Wenige auf. Daraufhin bot die Lübeckerin Zwieback und Kekse an. Die Kleinen staunten. Solche Leckereien hatten sie lange nicht mehr gesehen.
»Ich bin heilfroh, wenn wir heute abend zu Hause sind«, sagte unsere Reisebekanntschaft und sah ihren Mann liebevoll an. »Da wird sich unser Vater schon wieder erholen.«
Ich glaubte nicht, daß wir schon »heute abend« in Sicherheit sein würden. Wir hatten in so vielen Zügen gesessen, die nur wenige Kilometer fuhren, um dann stundenlang auf freier Strecke stehenzubleiben. Es konnte auch heißen: »Alle aussteigen! Die Strecke ist gesperrt!« Und dann stünden wir nachts irgendwo in Mecklenburg auf freiem Feld. Aber der Zug fuhr durch, von Bad Kleinen bis Hamburg in nur viereinhalb Stunden. Während wir für die ersten sechshundert Kilometer unserer Flucht fünfeinhalb Wochen gebraucht hatten, fuhren wir den letzten Teil des Weges, fast zweihundert Kilometer, in weniger als einem halben Tag.

In Hamburg eilten gleich mehrere besorgt aussehende Frauen der Volkswohlfahrt und einige Rot-Kreuz-Helferinnen auf uns zu. Sie begrüßten uns wie lang erwartete, leidgeprüfte Freunde, nahmen uns unser Gepäck ab und führten uns zu einem Wartesaal, der nur für Flüchtlinge bestimmt war.
Ich war völlig verblüfft. Einen solchen Empfang hätten wir uns in unseren kühnsten Träumen nicht vorgestellt.
Während wir den Helferinnen treppauf, treppab durch den riesigen Bahnhof folgten – der Königsberger war klein dagegen –, bemerkten wir voll Betroffenheit, daß die Glaskuppeln über den Bahnsteigen fast völlig zerstört waren. Die Bombardierung Hamburgs war keine Greuelpropaganda, sondern grausige Wirklichkeit. Hamburg, das wußte ich schon jetzt, bot keine Sicherheit. Jeden Augenblick konnten die Sirenen aufheulen und uns zur Weiterflucht zwingen. Deshalb waren die Frauen vermutlich auch so hilfsbereit. Sie konnten sich in unsere Lage hineinversetzen, da sie Angst und Schrecken des Krieges aus eigener Erfahrung kannten.
Im Wartesaal vergaß ich für kurze Zeit alle Sorgen. Man wies uns einen Tisch zu, dann wurde so reichlich Essen aufgetragen, daß uns die Augen übergingen. Eintopf – soviel wir essen wollten, sogar dunkles Bier! Zum Nachtisch gab es für jeden einen Apfel. Dazu ein rotes Heißgetränk, das nach Himbeeren schmeckte.
Anne und Reni strahlten. Sie hatten ganz rote Backen bekommen, und Ulla sagte vergnügt: »Ihr glüht wie Rastenburger.« Das war eine ostpreußische Redensart, die in unserer Familie besonders gern gebraucht wurde.
Ich fühlte mich schläfrig und satt. Mir fiel einer von Mamas Lieblingssprüchen ein: »Essen und Trinken hält Leib und Seele zusammen.« Es war entschieden etwas Wahres dran.
Eine der Helferinnen setzte sich an unseren Tisch und fragte Ulla, ob sie sich evakuieren lassen wolle. Hamburg sei zum einen überfüllt und zum anderen nicht sicher.
Ulla nickte, und ich atmete erleichtert auf. Ich wollte hier keine Minute länger als unbedingt nötig bleiben.
Nach sechs Wochen des Umherirrens wurden wir nun wieder von der Bürokratie erfaßt. Die Helferin nahm unsere Perso-

nalien auf. Wir waren wieder jemand, mit Geburtsdatum, Geburtsort, Wohnort vor Beginn der Flucht und jetzigem Aufenthaltsort.
Es beruhigte irgendwie. Wir waren deutsche Staatsbürger, die sich ordnungsgemäß auf der Flucht befanden, allem Anschein nach sogar am Ende der Flucht; denn man würde uns ordnungsgemäß eine Wohnung irgendwo auf dem Lande zuweisen, wo keine Bomben fielen.
»Heute abend geht es allerdings noch nicht weiter«, meinte die Frau vom Roten Kreuz bedauernd und murmelte irgend etwas von einem Übernachtungsheim.
Ich sah in Gedanken wieder einen großen Saal vor mir, in dem auf Stroh und Holzwolle Hunderte von Flüchtlingen lagen. Doch wir wurden angenehm überrascht.
Das Heim mußte früher ein Hotel gewesen sein. Wir bekamen ein Zimmer ganz für uns alleine, mit frischbezogenen Betten und fließendem Wasser.
»Jetzt wird sich erst einmal ordentlich gewaschen!« befahl Ulla. Wir packten unsere Koffer aus, als ob wir uns hier für ewig einnisten wollten, und suchten frische Wäsche heraus. Dann schrubbten wir uns so gründlich, als könnten wir alle Spuren unserer Flucht beseitigen. Nur Haare zu waschen wagten wir nicht, da das Trocknen in dem schwachbeheizten Raum eine Ewigkeit gedauert hätte.
Plötzlich klopfte jemand. Ulla öffnete die Tür nur einen Spalt und steckte den Kopf hinaus. »Wir waschen uns gerade«, sagte sie unwillig.
Draußen stand der Mann, der uns das Zimmer zugewiesen hatte. »Ziehen Sie sich schnell wieder an! Wir rechnen mit Fliegeralarm.«
Ich hatte es ja gewußt. Ganz am Schluß würde uns der Krieg noch einholen. Wären wir nur nicht in Hamburg geblieben!
Wir waren kaum in unsere Kleider geschlüpft, da begannen die Sirenen zu heulen.
Mit anderen Flüchtlingen hasteten wir durch verdunkelte Straßen, zum nächsten Luftschutzbunker. Keiner von uns wußte den Weg. Wir liefen einfach den Menschenscharen nach, die von allen Seiten zusammengeströmt waren.
In Rastenburg hatte es nur zweimal Fliegeralarm gegeben und auch nur am Tag. Wir hatten ihn gar nicht richtig ernst-

genommen und waren nicht einmal in den Keller gegangen. Bald darauf war auch schon die Entwarnung gekommen. Die Flugzeuge hatten unsere Heimatstadt überflogen, ohne eine einzige Bombe abzuwerfen.

Aber Hamburg war nicht Rastenburg. Ich schauderte. Gleich würde ein Inferno losbrechen – Krachen, Bersten, Brennen. Wir würden von Bomben zerrissen oder von einstürzenden Mauern erschlagen. Warum waren wir nur nicht mit Frau Hack in Stavenhagen geblieben! In dem kleinen Ort fielen bestimmt keine Bomben.

Wir liefen viele Treppen hinunter, durch unterirdische Gänge, bis wir den Bunker erreichten.

Es war ein langgestreckter Raum mit kahlen Betonwänden. Zahlreiche Menschen saßen hier auf Koffern und Bänken, andere standen mit ernsten Gesichtern in Gruppen zusammen und diskutierten.

An den Wänden waren mehrere Lautsprecher angebracht, die Drahtfunkmeldungen verbreiteten. Ein Nachrichtensprecher gab in kurzen Abständen neue Informationen über die augenblickliche Position der feindlichen Flugzeuge. Außerdem lief ständig ein Luftschutzwart durch den Bunker, der das, was wir über Lautsprecher hörten, noch einmal mit lauter Stimme wiederholte.

»Der reinste Panikmacher«, sagte meine Schwester ärgerlich, als der Mann zum drittenmal an uns vorbeieilte und mit sich überschlagender Stimme schrie: »Feindliches Geschwader nähert sich der Innenstadt!«

»Mutti«, flüsterte Anne, »fallen jetzt gleich Bomben?«

»Bestimmt nicht«, beruhigte sie Ulla. »Warum sollen ausgerechnet in der ersten Nacht, wo wir in Hamburg sind, Bomben fallen?«

»Und außerdem sind wir ja in einem Bunker«, sagte Reni altklug. »Da ist es gar nicht schlimm, wenn Bomben fallen. Da sind wir ganz sicher.«

Ich dachte an das, was Tante Lotte nach dem Angriff auf Königsberg erzählt hatte. Hunderte waren in den »sicheren« Bunkern verschüttet und erst nach Tagen tot geborgen worden. Im Krieg gab es keine Sicherheit. Das hatte ich in den letzten sechs Wochen erfahren. Aber ich behielt meine Gedanken für mich.

Ulla und ich hatten jede nur einen Koffer mit den wichtigsten Sachen mitgenommen. Wir überließen sie den Kindern als Sitzunterlage und blieben selbst stehen. Ich hätte auch gar keine Ruhe gehabt, mich zu setzen.
»Feindliche Verbände schwenken!« scholl es aus den Lautsprechern. »Ziehen ab Richtung Osten!«
Gleich darauf erklang ein langgezogener Sirenenton: die Entwarnung. Wieder einmal waren wir verschont geblieben.

Am nächsten Morgen beschloß Ulla: »Wir gehen aus.« Sie rückte unternehmungslustig den Federhut zurecht. »Ich habe erfahren, daß der Zug in die Evakuierung am Nachmittag fährt. Jetzt sehen wir uns erst einmal die Stadt an.«
Für meine Schwester schien die Flucht schon zu Ende zu sein. Wir wohnten in einem ehemaligen Hotel, waren amtlich registriert, unsere Evakuierung aufs Land stand kurz bevor. Da konnte man sich schon Zeit für einen Stadtbummel nehmen. Fast beneidete ich sie um ihre Ruhe. Mir saß noch der Schrekken von gestern nacht in den Gliedern. Jeden Augenblick konnte es wieder Fliegeralarm geben.
Aber Ulla meinte, Bombenangriffe erfolgten im allgemeinen nachts. Das habe auch Tante Anni aus Berlin berichtet. Wir sollten jetzt die Gelegenheit nutzen und uns Hamburg ansehen. Dann könnten wir, wenn wir wieder in Rastenburg wären, davon erzählen.
»Was meinst du, was deine Freundin Lore für Augen machen wird, wenn sie erfährt, daß du in Hamburg warst!« Sie begann zu trällern: »Auf der Reeperbahn nachts um halb eins.«
Ihre gute Laune steckte mich an. Wahrscheinlich war unsere Flucht wirklich bald zu Ende. Wir würden in irgendeinem kleinen norddeutschen Dorf die letzten Kriegstage abwarten und dann nach Rastenburg zurückkehren, in Omas Haus, wo Mama auf uns wartete.
Ich verdrängte den Gedanken an das, was nach unserer Flucht dort geschehen sein könnte, und begann, mich auf den Bummel durch die unbekannte Großstadt zu freuen.
Draußen pfiff ein kalter Wind, aber die Sonne schien schon frühlingshaft warm.
»Mein Gott, wir haben ja schon März«, sagte Ulla und reckte die Arme. »Bald haben wir das Schlimmste geschafft.«

Mir war nicht ganz klar, ob sie die kalte Jahreszeit oder unsere Flucht meinte.
»Im Märzen der Bauer die Rößlein einspannt«, sang Anne mit heller, klarer Stimme, und Reni fiel mit ein.
Zum erstenmal, seit wir Leba verlassen hatten, sangen sie wieder. Ich hielt das für ein gutes Zeichen.
Wir hatten von der Zerstörung Hamburgs gehört und sie uns doch nicht vorstellen können. Statt Geschäfte voller schöner Auslagen sahen wir nun streckenweise nur Ruinen – fensterlose Häuser, die gegen den blauen Himmel standen, Trümmerhaufen, auf denen das erste Unkraut grünte.
»Mutti«, flüsterte Anne und sah sich scheu um, »sind die Leute alle tot, die hier in den Häusern gewohnt haben?«
»Bestimmt nicht«, beruhigte sie Ulla, »die sind sicherlich alle im Luftschutzkeller gewesen, als die Bomben fielen. Und jetzt leben sie irgendwo auf dem Lande in der Evakuierung.«
Ich sah ihr an, daß sie das selbst nicht glaubte.
Wir bogen in eine Seitenstraße ein, die verschont geblieben war. Hier gab es sogar Geschäfte, an deren Schaufenstern sich die Kleinen die Nasen plattdrückten. Vor einem Café machte Ulla halt. »Jetzt wollen wir uns erst einmal mit einer guten Tasse Kaffee stärken.«
»Und Kuchen«, ergänzte Reni erwartungsvoll, denn im Schaufenster stand eine friedensmäßig große, prächtig verzierte Torte. Uns gingen die Augen über.
Das Café war nur halb besetzt. Wir suchten uns einen Tisch am Fenster und studierten die Speisekarte. Es war ein merkwürdiges Gefühl. Noch vor kurzem waren wir froh gewesen, wenn uns jemand ein Stück Brot schenkte, und jetzt saßen wir hier und überlegten, für welche Kuchensorte wir uns entscheiden sollten.
»Sie haben doch hoffentlich Brotmarken?« fragte die Serviererin. »Ohne Marken können wir leider keinen Kuchen verkaufen.«
»Ach du liebe Zeit!« sagte meine Schwester. »Das hatte ich doch total vergessen.«
Sie kramte in ihrer Handtasche.
Reni verzog enttäuscht den Mund. Jetzt saß man hier direkt vor einer Torte und durfte sie nicht essen, weil man keine Marken hatte.

Ulla breitete den Inhalt der Tasche auf dem Tisch aus: Kamm, Spiegel, Ausweise, zwei Sparkassenbücher, ein Foto von Bert in Soldatenuniform, ein Zettel mit Adressen. Ulla faltete ihn auseinander.
»Hier«, sagte sie triumphierend und hielt die Marken hoch, »unsere eiserne Ration. Die sind noch aus Pommern.«
Die »eiserne Ration« reichte tatsächlich für vier Stücke Torte. Es blieb sogar ein Märkchen übrig.
Ulla bestellte ein Heißgetränk für die Kinder und für uns Ersatzkaffee. Nach einem Blick auf die Preistafel hatte sie sich entschieden, auf echten Bohnenkaffee zu verzichten. »In den Cafés brühen sie den Muckefuck meist im Bohnenkaffeesatz«, versicherte meine Schwester. »Du wirst sehen, er schmeckt fast so wie Mamas Sonntagskaffee.«
Das war zwar etwas übertrieben, aber ein leichter Bohnenkaffeegeschmack war wirklich festzustellen.
Die Torte schmeckte nicht ganz so gut, wie sie aussah, aber sicher war sie das Köstlichste, was ich seit Beginn unserer Flucht gegessen hatte.
Aus dem Radio drang gedämpfte Musik, keine Kriegsmeldung. Wir rekelten uns behaglich in den roten Samtpolstern, ließen uns bedienen und bestellten noch eine Tasse Kaffee. Reni ließ genießerisch die zuckrige Kuchenkruste auf der Zunge zergehen.
Anne starrte verträumt der Kellnerin im weißen Spitzenschürzchen nach, die geschäftig von Tisch zu Tisch eilte. Und Ulla summte halblaut die Melodie mit, die gerade aus dem Radio klang: »Ich brauche keine Millionen, mir fehlt kein Pfennig zum Glück.«
Unvermittelt hatte unsere Flucht wieder den Charakter einer Reise angenommen.

Klein-Linden

Am Nachmittag machten wir uns vom Übernachtungsheim aus auf den Weg zum Bahnhof. Auf Gleis 12 sollte der Zug in Richtung Bergedorf–Schwarzenbek abfahren.
Auf dem Bahnhof warteten schon einige größere und kleinere Gruppen, Flüchtlinge, wie man an Kleidung und Gepäck erkennen konnte.

»Hier sind wir richtig«, sagte meine Schwester erleichtert und stellte die Koffer ab.
Ich dachte, daß eine Ansammlung von Flüchtlingen noch keine Garantie für die Ankunft eines Zuges sei. Doch dann kamen zwei Frauen von der Volkswohlfahrt mit Namenslisten und riefen die einzelnen Familien auf. Wir waren auch darunter. Diesmal würde also alles ganz ordnungsgemäß vor sich gehen. In den Zug nach Schwarzenbek würden nur Leute einsteigen, die amtlich registriert waren.
Mit dampfender Lok lief ein uralter, klappriger Personenzug ein, der sicherlich schon jahrelang ausrangiert gewesen war, jetzt aber für die Massenflucht wieder gebraucht wurde.
Dank der vorzüglichen Organisation auf dem Hamburger Bahnhof bekamen alle Flüchtlinge Sitzplätze. Unser Abteil war »für Reisende mit Traglasten« bestimmt, wie ein Schild anzeigte. Das kam uns gerade recht. Wir setzten uns auf die Bänke an der Seite und stellten die Koffer auf den großen freien Platz in der Mitte.
Die Fahrt dauerte nicht lange. Der Zug, so klapprig er auch aussah, fuhr die fünfunddreißig Kilometer bis Schwarzenbek in einer knappen dreiviertel Stunde.
Vor dem Schwarzenbeker Bahnhof warteten Pferdefuhrwerke und Lastwagen. Es war inzwischen dunkel geworden. Wegen der Fliegergefahr brannten keine Laternen. Nur schwach konnte man die Umrisse der Fuhrwerke und der Kutscher auf den Böcken erkennen.
Ein Mann von der Gemeindeverwaltung bemühte sich, die Flüchtlinge mit ihren Angehörigen zusammenzulassen und sie je nach Gruppengröße auf die einzelnen Wagen zu verteilen. Aber die Fahrer halfen sich schon selbst.
»Kuddel, kann bei dir noch einer rein?«
»Hier ist noch eine Oma mit ganz wenig Gepäck!«
»Kinderreiche bitte zum Lastwagen!«
»Der Wagen nach Bartelsdorf kann schon los!«
Die ersten Fahrzeuge setzten sich in Bewegung.
Uns hatte ein kräftiger Bauer nacheinander auf einen Pferdewagen gehoben, der hinten mit Stroh ausgelegt war und nach Schulendorf sollte.
»Ein ganzer, großer Wagen für uns allein«, staunte Reni, während Anne gewissenhaft unsere Gepäckstücke zählte. Es

hätte ja sein können, daß der Bauer in der Dunkelheit eins übersehen hatte.
»Na, denn man los!« sagte unser Fahrer und schnalzte mit der Zunge. Das Pferd trabte an.
Doch da wurden wir noch einmal angehalten.
Der Mann von der Gemeindeverwaltung war mit der Eigenmächtigkeit der Bauern nicht einverstanden. »Nach Schulendorf sollen acht Personen, nicht vier!« erklärte er kategorisch.
Der Bauer brummte. »Hab' keine so große Familie gesehen.«
Widerwillig half er uns vom Wagen hinunter, wobei er murmelte: »Nichts wie Scherereien mit diesen Flüchtlingen.«
Der Gemeindeangestellte rief: »Wo ist noch für eine Frau mit drei Kindern Platz?«
»Bei Kuddel«, antwortete jemand.
So kletterten wir schließlich auf einen Treckeranhänger, auf dem schon mehrere Leute saßen. Wohin wir fuhren, hatten wir in dem Durcheinander nicht verstanden. Es war im Grunde auch unwichtig. Wir wollten aufs Land, wo keine Bomben fielen. Da war ein Dorf so gut wie das andere.
Wir hockten uns dicht nebeneinander, um uns auf dem offenen Wagen gegen den kalten Wind zu schützen. Hoffentlich mußten wir nicht allzulange fahren.
Ulla unterhielt sich halblaut mit einer neben ihr sitzenden Frau. Wie sich herausstellte, kam sie aus Korschen, wo Papa oft mit dem Karussell gestanden hatte.
Der Trecker tuckerte über holprige Landstraßen. Ich riß die Augen weit auf, um festzustellen, ob wir an Wald, Feld oder Wasser vorüberfuhren. Schließlich war dies die Gegend, in der wir uns wahrscheinlich etwas länger aufhalten würden. Aber ich nahm nur Schatten von hohen Büschen wahr, die die Straße zu beiden Seiten umsäumten. Es waren, wie Kuddel erklärte, die holsteinischen Knicks: niedrige Bäume, Büsche, Sträucher, die die Felder gegen den hier immer kräftig blasenden Wind schützten.
»Ich habe Hunger«, sagte Reni. Trotz des Motorengeräusches hatte der Fahrer es gehört, wandte den Kopf und rief begütigend: »Laß man, lütt Deern, wir sind bald da!«
Dann ließ er den Trecker etwas schneller rollen, so daß wir in einer knappen halben Stunde an unserem neuen Zufluchtsort angelangt waren.

Vor dem Haus des Bürgermeisters waren einige frierende Dorfbewohner versammelt, um die fremden Gäste in Empfang zu nehmen.
Namen und Anzahl der Flüchtlinge waren vor unserer Ankunft durchgegeben worden, und so hatte man auch schon bestimmt, zu welcher Familie die einzelnen kommen sollten. Allerdings hatte sich dadurch, daß die Bauern in Schwarzenbek zum Teil aufgeladen hatten, wer gerade in ihrer Nähe stand, einiges geändert.
Wir sollten zu einer Familie Frey, die sich aber weigerte, vier Personen aufzunehmen, da sie selbst ihre ausgebombte Tochter mit zwei Kindern erwartete.
Der Bürgermeister sah sich ratlos um. »Wer nimmt noch eine Frau mit drei Kindern?«
Eine Frau mit grauem Haarknoten hob die Hand. »Die können zu mir«, erklärte sie. »Ich hab' Platz genug. Die eine Lütte kann ja zur Not auf dem Liegestuhl schlafen.«
Sie stellte sich als »Frau Peemöller« vor, begrüßte jeden von uns mit einem festen Händedruck und erkundigte sich, woher wir kämen und wie lange wir schon unterwegs seien.
»Wir kommen aus Ostpreußen«, antwortete Ulla.
Anne, die ein ausgezeichnetes Gedächtnis für Daten hatte, fügte hinzu: »Wir sind am dreiundzwanzigsten Januar auf die Flucht gegangen. Jetzt sind wir sechs Wochen unterwegs.«
»Du liebe Güte«, sagte Frau Peemöller mitleidig, »von so weit her und schon so lange unterwegs! Daß die Kleinen das überhaupt durchgehalten haben!«
Reni runzelte die Stirn. Sie hatte es gar nicht gern, wenn man sie »Kleine« nannte. »Ich werde im Mai schon fünf«, stellte sie richtig. »Ich bin nicht mehr klein. Und ich habe meinen Rucksack die ganze Zeit alleine getragen.«
»Donnerlittchen.« Kuddel lachte. »Da bist du ja ein ganz starkes Mädchen. So etwas können wir hier brauchen. Aber nun steig wieder auf. Ich bringe euch noch alle vor die Haustür.«
Frau Peemöller bewohnte ein kleines Haus mit großem Garten am Rande des Dorfes. Sie führte uns gleich in die »gute Stube«, wie sie ihr Wohnzimmer nannte und schleppte eigenhändig unser Gepäck nach oben ins Gästezimmer.
»Arbeiten könnt ihr morgen«, wehrte sie unsere Hilfe ab. »Jetzt sollt ihr euch erst einmal ausruhen.«

Als wir um den runden Tisch unter der Hängelampe saßen, fielen Reni fast die Augen zu. Es war schon nach zehn, und sie hatte viel Schlaf nachzuholen.
»Nun mach' ich erst mal schnell 'n büschen zu essen«, sagte unsere Wirtin und eilte geschäftig in die Küche. Kurz darauf zog der würzige Duft von geschmortem Rotkohl durchs Haus. Unsere schon wieder hungrigen Mägen meldeten sich. Auch Renis Lebensgeister kehrten zurück, als Frau Peemöller ihr einen großen Teller voll dampfender dicker Milchsuppe hinschob.
Die Suppe war so gehaltvoll, daß wir schon fast davon satt waren. Doch danach gab es noch für jeden eine Scheibe Fleisch, reichlich Kartoffeln und eine Portion Rotkohl.
Frau Peemöller hatte alles – außer der Milchsuppe natürlich – in einem riesigen Topf gekocht, den sie mitten auf den Tisch stellte und aus dem sie mit dem Schöpflöffel Fleisch, Kartoffeln und Kohl auf unsere sorgfältig ausgekratzten Suppenteller häufte.
Reni sah ihr mit runden, erstaunten Augen zu. »Gibt es keine frischen Teller?« fragte sie leise ihre Mutter.
»Sei still«, flüsterte Ulla, »wir sind hier nur Gast.«
Frau Peemöller war, wie wir später noch in mehrerer Hinsicht merken sollten, eine sparsame Frau. Ein Teller auf dem Tisch für jeden genügte. Da hatte man später nicht viel Arbeit mit dem Abwaschen. Und die Hauptsache war schließlich, daß die Teller gefüllt waren.
Satt und müde stolperten wir nach dem Essen die wenigen Stufen zu dem kleinen Zimmer hoch, das früher Frau Peemöllers Sohn bewohnt hatte und das ihr jetzt als Fremdenzimmer diente. Sie hatte ein großes, breites Bett für Ulla und Reni hergerichtet, ein altes Feldbett für mich und einen Liegestuhl für Anne. Alles war sauber überzogen. Es gab sogar Kopfkissen.
Während wir uns in der kleinen Waschschüssel, die unsere Wirtin fürsorglich hingestellt hatte, die Hände wuschen, fiel Reni plötzlich etwas Wichtiges ein: »Mutti, wir wissen noch gar nicht, wie unser Dorf heißt!«
Frau Peemöller, die uns darüber hätte Auskunft geben können, hatte gerade das Zimmer verlassen und schlurfte geräuschvoll die Stufen hinunter.

Ulla machte das Licht aus, schob die Verdunkelung beiseite und schaute aus dem Fenster. Es war stockfinster. Keine Laterne brannte, kein Mond schien.
Langsam gewöhnten sich unsere Augen an die Dunkelheit, und wir konnten das dichte Geäst eines Baumes erkennen, dessen Zweige fast in unser Fenster wuchsen.
»Es ist eine kleine Linde«, sagte meine Schwester überzeugt. »Was glaubt ihr, wie das im Frühjahr duften wird, wenn sie blüht. Und der herrliche Lindenblütentee, den wir dann kochen können!«
Sie überlegte, daß solch ein Baum auch vor dem Haus des Bürgermeisters stand, daß die Bäume, die die Dorfstraße umsäumten, sicher auch Linden waren und diese vermutlich das Wahrzeichen des Ortes seien.
»Wir wollen unser Dorf ‚Klein-Linden' nennen«, schlug Ulla vor. »Das ist dann unser ganz eigener Name dafür.«
Reni nickte zufrieden. Ein eigener Name, das war etwas ganz Besonderes. Und fürs Besondere war sie immer zu haben.
Wie sich später herausstellte, handelte es sich bei den Linden um Kastanien, die zu Pfingsten Kerzen aufsteckten, die nicht dufteten und von denen man auch keinen Tee kochen konnte. Aber da stand der Name »Klein-Linden« schon fest.
In der Nacht träumte ich von Hohenstein: Es war Ullas Geburtstag, der 10. Juli. Ich hatte mit Anne die kleine Veranda, die unsere Wohnwagen verband, mit roten Rosen geschmückt. Rosen waren Ullas Lieblingsblumen. Wir saßen alle zusammen um den Frühstückstisch: Mama, Papa, Ulla und die Kinder. Auch Bert war dabei, obwohl er doch eigentlich an der Front hätte sein müssen. Die schmale Veranda war fast zu klein für so viele Menschen. Anne und ich mußten einen Stuhl teilen, und Reni saß auf Ullas Schoß. Wir lachten und schwatzten. Mama schenkte Kaffee ein, guten, echten Bohnenkaffee, der köstlich duftete.
Obwohl es noch Morgen war, schien die Sonne schon heiß. Mama tupfte sich die Schweißperlen von der Stirn, und die Rosen, die der Sonne ausgesetzt waren, ließen bereits die Köpfe hängen.
Ich strich mir das dritte Brötchen dick mit Butter und Erdbeermarmelade.
»Ingemaus, noch etwas Kaffee?« fragte Mama.

Ich reichte ihr meine Tasse hin, obwohl ich wußte, daß mir von dem heißen Getränk noch wärmer würde.
Ich erwachte, als Anne nach ihrer Mutter rief.
»Mir ist so kalt«, klagte sie.
»Still, weck mir nicht die Kleine auf. Du kannst zu mir kommen.« Ulla tastete sich durch das Zimmer, hob Anne aus dem Liegestuhl und trug sie in ihr Bett.
Bald darauf hörte ich friedliche Atemzüge.
Am liebsten wäre ich auch zu meiner Schwester ins Bett gekrochen. Ich fror unter der dünnen Wolldecke, die Frau Peemöller für mich bezogen hatte.
Leise stand ich auf und suchte nach der Kamelhaardecke, die wir mit auf die Flucht genommen hatten. Aber ich fand sie nicht. So kroch ich zitternd vor Kälte ins Bett zurück. Ich lag noch lange wach und grübelte.
Fast tausend Kilometer waren wir jetzt von zu Hause entfernt. Seit sechs Wochen wußten wir nichts von Mama. Aber wohin hätte Mama eine Nachricht schicken sollen? Höchstens zu Tante Anni in Berlin. Tante Anni aber konnte diese Nachricht gar nicht an uns weiterleiten. Sie hatte nur unsere Anschrift in Leba und wußte nicht, daß wir längst fort waren. Gleich morgen mußten wir einen Brief nach Berlin schicken und den Tanten unsere Adresse mitteilen. Nach Rastenburg zu schreiben hatte keinen Zweck. Seit die Russen einmarschiert waren, gab es keine Postverbindung mehr.
Ulla hatte denselben Gedanken, denn sie sagte am nächsten Morgen: »Wir müssen gleich nach Berlin schreiben, damit Tante Anni weiß, wo wir sind, wenn sich jemand von der Familie meldet. Und an Frau Spierl in Bad Freienwalde schreibe ich auch. An sie wendet sich Bert bestimmt zuerst.«
Noch am selben Tag brachten wir die Briefe zur Post.
»Da müssen Sie sich aber beeilen«, hatte Frau Peemöller gesagt, »Schalterstunden sind nur vormittags von zehn bis zwölf. Die Poststelle ist in Steenbergs Gastwirtschaft.«
Klein-Linden bestand aus zwei langgezogenen Straßen, die sich in der Nähe der Schule kreuzten, und aus wenigen kurzen Seitenwegen. Es war ein schönes, gepflegtes Dorf. Die Ein- und Zweifamilienhäuser waren rot verklinkert, die Zäune um die Vorgärten frisch gestrichen. Ein Teil der Bauerngehöfte hatte tief herabgezogene, reetgedeckte Dächer mit

winzig kleinen Fenstern darunter. Sie sahen altertümlich und gemütlich aus.
»Hoffentlich sind hier Kinder zum Spielen«, sagte Reni erwartungsvoll und blickte aufmerksam nach allen Seiten. Aber weder auf den Höfen noch auf der Straße rührte sich etwas.
»Die Kinder sind doch alle in der Schule«, belehrte sie Ulla. »Hier ist es nicht wie in Leba, wo die Schule schon geschlossen hatte. Hier läuft alles noch seinen ganz normalen Gang. Morgen werde ich auch Anne anmelden und mich erkundigen, wo das nächste Lyzeum für Inge ist. Und vielleicht gibt es für dich sogar einen Kindergarten.«
Wie merkwürdig sich das anhörte: »Hier läuft alles noch seinen ganz normalen Gang.« Ich würde also wieder in der Schule sitzen und Englisch und Geschichte lernen, statt mich in einen überfüllten Zug zu zwängen oder um einen Teller Suppe anzustehen. Ich würde Hausaufgaben machen, Ulla würde mich Vokabeln abhören und Anne einen Aufsatz schreiben: »Was ich auf der Flucht erlebt habe«. Aber es würde trotzdem kein normales Leben werden. Wir waren nur noch eine Restfamilie. Mama, Papa und Bert fehlten.
In der Gaststube roch es nach abgestandenem Bier und kalter Zigarettenasche. Wir sahen uns nach dem Schalterraum um. Reni entdeckte ein kleines Guckfenster in der langen Wand neben der Theke. Dort war die »Post«.
Wir klopften; die Scheibe wurde hochgekurbelt, das runde, freundliche Gesicht der Wirtin erschien. Sie musterte uns neugierig. »Sind Sie vielleicht die Frau mit den drei Kindern, die zu Frau Peemöller gekommen ist?«
Ulla nickte verblüfft. »Ich hatte nicht gedacht, daß sich das so schnell herumspricht!«
Die Frau lachte. »Das ist bei uns im Dorf nun mal so. Hier kennt jeder jeden. Und Fremde sind für uns sehr interessant.«
Dann fragte sie uns erst einmal gründlich aus: woher wir kämen, wie unsere Flucht verlaufen sei, wie lange wir hierbleiben wollten. »Wir bleiben vermutlich, bis der Krieg vorbei ist«, erwiderte Ulla.
»Das finde ich sehr vernünftig«, pflichtete die Frau bei, »wo Sie noch die Verantwortung für die Kinder haben.«
Es ärgerte mich etwas, daß ich wieder für Ullas Kind gehalten wurde. Auf der Flucht war es ja ganz nützlich gewesen, aber

jetzt war es nicht mehr nötig. Ich war fünfzehn Jahre alt und in der neunten Klasse. Hätte ich nicht das Lyzeum besucht, wäre ich sogar schon aus der Schule entlassen, denn die Volksschule endete mit der achten Klasse.
Ulla fragte die Wirtin, wie lange die Post nach Berlin wohl unterwegs sei und wann man mit Antwort rechnen könne.
Die Frau wiegte unschlüssig den Kopf. »Früher hätte ich gesagt, in einer Woche. Aber jetzt ist es sehr unsicher. Viele Briefe kommen gar nicht an, weil oft die Züge oder Postämter bombardiert werden, gerade in Berlin. Am besten schicken Sie zwei Tage später noch mal einen Brief mit demselben Inhalt ab, um sicherzugehen, daß Ihre Nachricht auch ankommt.«
Ulla nickte. Wir würden laufend Briefe losschicken, so lange, bis wir eine Antwort bekämen!
Auf dem Heimweg waren wir sehr schweigsam. Nun, wo wir endlich in Sicherheit waren, quälte uns doppelt die Sorge um unsere Angehörigen. Wenn nun der Krieg noch lange nicht zu Ende war? Wenn wir monate- oder gar jahrelang hier in Holstein bleiben mußten, ohne zu erfahren, was aus unseren Eltern und Bert geworden war? Der Krieg dauerte nun schon fast sechs Jahre. Woher sollten wir wissen, daß er in wenigen Wochen beendet sein würde?

Glücklicherweise ließ uns Frau Peemöller nicht viel Zeit zum Grübeln. Sie hatte morgens beim Frühstück erklärt, daß sie uns für die Zeit, die wir bei ihr blieben – »es wird ja nicht lange sein« – das Wohnzimmer zur Verfügung stellen würde. Sie benutzte es sowieso nur bei besonderen Gelegenheiten. Statt dessen behielt sie lieber das Schlafzimmer und das Fremdenzimmer sowie die gemütliche Wohnküche.
Aus dem Wohnzimmer nahm sie heraus, was ihrer Meinung nach wertvoll war, und ließ uns ein kleines Buffet, den Tisch mit der Wachstuchauflage und vier Stühle. Aus dem Fremdenzimmer schleppten wir das große Bett nach unten und holten vom Tischler zwei Luftschutzbetten, die man uns von der Gemeindeverwaltung angeboten hatte. Die Luftschutzbetten stellten wir übereinander, weil sonst in dem kleinen Zimmer kein Platz gewesen wäre. Matratzen gab es keine, wir durften uns aber zwei Strohsäcke stopfen.

Frau Peemöller spendierte drei alte, geflickte Laken und das klumpige Federbett, unter dem Ulla und Reni schon in der vorigen Nacht geschlafen hatten. Ich bekam zwei Wolldecken und Anne unsere beiden eigenen Decken.
In unserem Zimmer stand ein hoher, transportabler Kachelofen, der gut heizte und noch bis in die Nacht hinein warm blieb.
Wir bekamen auf Brikettscheine einen Zentner Briketts beim Kaufmann, mit denen allerdings sehr sparsam umgegangen werden mußte.
Es wurde überwiegend mit Holz geheizt, nur ein oder zwei Briketts dazwischengelegt, um die Glut zu halten.
Den Rest der Woche bewirtete Frau Peemöller uns noch. Dann sollten wir alleine kochen. Dazu mußten wir uns aber erst einmal etwas Küchengerät besorgen. Vom Volksopfer, so nannten sich die gesammelten Spenden der Dorfbewohner, bekamen wir etwas Geschirr. Außerdem hatte eine Hamburger Firma in Klein-Linden ein Ausweichlager für Emailwaren eingerichtet. Diese wurden jetzt hier verkauft. So kamen wir zu Kochtöpfen und einer Waschschüssel. Da wir polizeilich gemeldet waren, gab es für uns natürlich auch Lebensmittelkarten. Was uns fehlte, war nur das Holz, um das Essen auch zu kochen.
An Wäldern in der Umgebung mangelte es nicht. So gingen wir wieder Holz sammeln wie in Leba, zuerst mit einer Tasche, dann mit einem geborgten Rad. Später lieh uns Frau Johannsen, die gegenüber wohnte, gelegentlich einen Handwagen, und die Kinder und ich zogen noch jede einen kleineren Baumstamm hinterher. Wir brauchten nun wenigstens nicht mehr zu frieren. Wenn das Feuer im Ofen erst flackerte, erwärmte sich das kleine Zimmer schnell. Und das Knacken der Scheite erinnerte tröstlich an zu Hause.
Ein Teil unseres Holzes ging fürs Kochen drauf. Wir durften unsere Mahlzeiten in der Küche auf Frau Peemöllers Herd zubereiten, und diese achtete streng darauf, daß wir auch einen angemessenen Teil zur Feuerung beisteuerten. Sie war im großen und ganzen nicht unfreundlich, gab uns auch gelegentlich etwas Eingemachtes – Apfelmus, Birnen, Gemüse – allerdings war sie sehr auf Geld aus, und so bezahlte Ulla ihr alles reichlich.

Wir hatten Bargeld und unsere Sparkassenbücher mit auf die Flucht genommen. Doch von den Konten auf ostpreußischen Banken konnte man nichts mehr abheben.
Das Bargeld, etwa tausend Mark, betrachtete Ulla als eiserne Reserve und versuchte, mit dem Familienunterhalt auszukommen, den sie gleich nach unserer Ankunft beantragt hatte. Für uns alle vier bekam sie zweihundertvierundfünfzig Reichsmark monatlich. Davon zahlten wir fünfundzwanzig Mark für das möblierte Zimmer. Frau Peemöller selbst zahlte für das ganze Haus mit Garten dreiundzwanzig Mark an den Eigentümer. Sie hatte durch uns also ihre eigene Miete gesichert und behielt sogar zwei Mark übrig. Ein Badezimmer hatte das Haus nicht, dafür ein Plumpsklo, das am Ende des Stalls hinter dem Hof eingebaut war. Wasserspülung gab es natürlich nicht. Unsere Ausscheidungen fielen in eine Sickergrube. Später sollte damit der Garten gedüngt werden.
Der Weg zum Klo war besonders nachts sehr unbequem, und so hatten wir für alle Fälle immer einen halb mit Wasser gefüllten Marmeladeneimer im Zimmer stehen.
Anne verbrachte viele Stunden auf dem Klo. Ich kam auch bald dahinter, weshalb. Frau Peemöller benutzte als Toilettenpapier säuberlich zerschnittene, auf Bindfäden aufgefädelte Zeitschriftenseiten, und zur Zeit unserer Ankunft war gerade ein Fortsetzungsroman dran.
Natürlich konnte Anne das Klo nicht verlassen, ehe sie den ganzen Packen durchgelesen hatte. Es gab schließlich Tränen, als sie das Romanende verpaßte. Frau Peemöller hatte vor ihr die Örtlichkeit aufgesucht und bei der Papierbenutzung keine Rücksicht auf nachfolgende Leser genommen.
»Wir werden dir andere Bücher besorgen«, tröstete Ulla sie, »Romane sind doch nichts für ein kleines Mädchen.«
Aber mit Büchern sah es in der Nachbarschaft trübe aus. Die Beschaffung von Lesestoff für Anne sollte sich zu einem Problem entwickeln. Mit dem Märchenbuch, das Frau Peemöller noch von ihrem Sohn hatte, war sie schnell fertig und machte sich dann mit großem Eifer an die Bibel, das zweite und letzte Buch in Frau Peemöllers Haus.
Es blieb uns also schon in dieser Hinsicht nichts anderes übrig, als neue Kontakte zu knüpfen.

Klein-Linden hatte zur Zeit unserer Ankunft ungefähr vierhundert Einwohner. Innerhalb einer Woche wurden noch etwa zweihundert Flüchtlinge und Ausgebombte von Hamburg aus nach Klein-Linden geschickt. Bis Kriegsende kamen weitere zweihundert dazu, so daß sich die Einwohnerzahl des Ortes durch die Neuankömmlinge verdoppelte. Dementsprechend vergrößerte sich auch die Anzahl der Schulkinder. Die Schule war nur zweiklassig, das heißt, das erste bis vierte und das fünfte bis achte Schuljahr wurden jeweils zusammen unterrichtet.
Fräulein Holten, die Dorflehrerin, gab sich Mühe, die Kinder, die einen sehr unterschiedlichen Wissensstand hatten, zusammenzufassen. Es fehlte jedoch an allem, an Tafeln, Griffeln, Heften und besonders an Schulbüchern, die von nun an immer zwei Schüler gemeinsam benutzen mußten.
Das gab viel Ärger unter den Kleinen. Anne, die mit Büchern sehr sorgsam umging, geriet jedesmal in helle Empörung, wenn Klaus Piepenbrink, mit dem sie das Lesebuch teilte, wieder ein Eselsohr in eine Seite gemacht hatte.
Ich selbst besuchte das Gymnasium in Reinbek, das auf dem halben Weg nach Hamburg lag und wohin ich mit dem Zug fahren mußte. Glücklicherweise hatte Klein-Linden eine Bahnstation. Wären wir damals von Schwarzenbek aus nach Schulendorf gekommen, wie es zuerst geheißen hatte, dann wäre ein auswärtiger Schulbesuch kaum möglich gewesen.
Da noch Winter war und Kohlenmangel herrschte, war nur dreimal in der Woche Unterricht.
Nach Reinbek fuhren noch andere Klein-Lindener Schüler. Elisabeth Hinrichs, die Tochter des größten Bauern, besuchte mit mir sogar dieselbe Klasse.
Ich gewöhnte mich nur schwer ein, obwohl die Mädchen in meiner Klasse anfangs sehr nett zu mir waren. Sie liehen mir bereitwillig ihre Bücher und bemühten sich, mich beim Aufholen meiner Wissensrückstände zu unterstützen. Diese waren nicht unerheblich, da am Reinbeker Gymnasium Latein gelehrt wurde, von dem ich keine Ahnung hatte.
Ich gab es auch bald auf, im Unterricht mitzukommen, und blieb unaufmerksam und unkonzentriert.

Wenn Herr Schmidt, ein weißhaariger, pensionierter Lehrer, der wieder zum Schuldienst herangezogen worden war, uns die konsonantische Deklination erklärte oder begeistert über Caesars Feldzüge in Gallien sprach, hörte ich kaum zu.
Ich grübelte darüber nach, wie der Feldzug jetzt wohl im Osten verlief, ob in Rastenburg noch gekämpft wurde, ob der Krieg bald vorbei war und wir nach Hause zurückkönnten.
Da ich meist in meine eigenen, trüben Gedanken versponnen war, zogen sich die anderen Mädchen bald wieder zurück. Wenn sie Arm in Arm über den Schulhof schlenderten, lachten und schwatzten, stand ich oft allein und dachte voller Heimweh an Rastenburg und meine Freundin Lore. Mit Lore zusammen hätte mir auch die fremde Schule nichts ausgemacht, weder meine Lücken noch der norddeutsche Dialekt mit den überdeutlich gesprochenen St- und Sp-Lauten.
»Ein Sstudent mit sspitzem Sstiefel sstolpert über einen sspitzen Sstein«, sang Ulla, wenn Anne und Reni sich beklagten, daß die Dorfkinder sich über ihren ostpreußischen Dialekt lustig machten. »Sprecht ihr nur so weiter wie bisher. Wem's nicht gefällt, der braucht ja nicht hinzuhören.«
»Die sollen aber hinhören, wenn ich etwas sage«, begehrte Reni auf. Ihre Augen blitzten dabei.
Ich war überzeugt, sie würde den anderen Kindern bald handgreiflich klarmachen, daß sie hinzuhören und nicht zu lachen hatten, wenn »Königstochter jüngste« etwas sagen wollte.
Anne faßte schnell Fuß in der neuen Schule. Sie wurde auch hier bald Klassenbeste, und die Schulkameraden mochten sie. Zudem freundete sie sich eng mit Illi, einem Mädchen aus Westpreußen, an.
Nur ich fand keinen Anschluß.
»Du solltest lieber mit Gleichaltrigen zusammensein, als dauernd zu Hause zu sitzen!« Ulla ärgerte sich, wenn ich mich mit einem Buch aus der Schulbibliothek in der Ecke verkroch. »Du warst doch früher nicht solch ein Stubenhocker.«
Notgedrungen hatte ich etwas mehr Kontakt zu Elisabeth, da wir zusammen mit dem Zug fuhren und ich auch ihre Bücher mitbenutzte.
Ich mochte sie nicht besonders gern. Sie war ziemlich eingebildet, einmal auf ihr Aussehen und dann darauf, daß ihr Vater der größte Bauer im Dorf war.

»Ich könnte an jedem Finger zehn haben«, hatte sie mir schon bei der ersten gemeinsamen Bahnfahrt anvertraut, »aber ich will gar nicht. Ich heirate später sowieso mal meinen Vetter. Der wohnt in Dithmarschen und hat einen Hof, der ist dreimal so groß wie unserer.«
Sie erzählte stolz von ihrer Aussteuer, die Berge von Bett- und Tischwäsche, Handtücher und Geschirr umfaßte und schon für den Tag ihrer Hochzeit bereitlag.
»Das lassen sich meine Eltern nicht nehmen. Die haben immer gesagt: ,Wenn Elisabeth mal den Hof verläßt, dann bekommt sie eine ordentliche Aussteuer mit.'«
»Willst du etwa bald heiraten?« fragte ich ungläubig.
»Quatsch«, sagte Elisabeth, »ich bin doch erst in der neunten Klasse. Aber den Walter heirate ich auf jeden Fall.«
Sie redete und redete, während ich nur ab und an »ja« und »hm« sagte. Was hätte ich auch erzählen sollen! Ich hatte keine Berge von Aussteuer. Wir besaßen zu viert nur zwei Handtücher, nicht einmal ein Tischtuch, und es sah nicht so aus, als würden sich unsere Vorräte demnächst vergrößern. Es bestanden auch keine Aussichten, daß mich ein Vetter in Dithmarschen heiraten würde. Wir hatten keine Verwandten mit Bauernhöfen, und ich war auch nicht groß, schön und vollbusig wie Elisabeth, sondern klein, mager und unterentwickelt. Wie zwölf sah ich aus, hatte die Wirtin gesagt.
Elisabeth schien mich trotz – oder vielleicht sogar wegen – meiner Schweigsamkeit recht gern zu haben. Sie bot mir großzügig von ihren reichbelegten Broten an, die ich immer dankend ablehnte. Ich fing an, einen, wie Ulla meinte, ganz unnützen und unzeitgemäßen Stolz zu entwickeln.
Während ich mich auf der Flucht nicht gescheut hatte, Essen anzunehmen, hätte ich hier sogar am liebsten den Korb Kartoffeln zurückgewiesen, den Elisabeths Mutter mir schenkte. Ich tat es nur meiner Familie wegen nicht.
»Wer Hunger hat, kann es sich nicht leisten, stolz zu sein«, versuchte Ulla mir zu erklären. Aber sie selbst nahm auch nichts geschenkt, sondern bezahlte, wenn man ihr gelegentlich etwas anbot, auch wenn unser Bargeld dadurch sehr schnell weniger wurde.
Bald aber wurden die Einheimischen weniger freigiebig mit ihren Nahrungsvorräten. Immer mehr Flüchtlinge ström-

ten ins Dorf, und bis zur nächsten Ernte war es noch lang. Da mußte man schon in erster Linie an sich selbst denken. Weiterhin großzügig blieb nur Frau Johannsen, die Frau des beinamputierten Maurermeisters von gegenüber. Sie schenkte uns Eingemachtes, einmal sogar einen Topf Schweineschmalz, und wir nahmen es ohne Scheu an.
Obwohl Frau Johannsen auch eine Einheimische war, betrachteten wir sie mehr als unseresgleichen. Sie war eine blasse, schwarzgekleidete Frau, die im Krieg drei Brüder verloren hatte und nun für ihre alte Mutter, den kriegsversehrten Mann und drei Kinder sorgte. Sie hielt allerhand Viehzeug, sogar ein Schwein, bearbeitete einen großen Garten und versuchte mit Hilfe eines alten Maurers das Geschäft ihres Mannes weiterzuführen.
Anne und Reni durften auf ihrem Hof spielen, die Schaukel benutzen und in dem großen weißen Sandhaufen hinter dem Haus Burgen bauen. Ihre drei Mädchen im Alter von neun, elf und zwölf Jahren ließen die Kleinen mitunter beim Verstecken und Ballabwerfen mitspielen.
Nur Ullas Hoffnung auf abgelegte Kleidung erfüllte sich nicht. Frau Johannsen hatte alle Sachen, aus denen ihre Töchter herausgewachsen waren, dem Roten Kreuz gegeben.

Die Wohngemeinschaft mit Frau Peemöller verlief nicht immer reibungslos.
Den ersten Zusammenstoß hatten wir, als sich herausstellte, daß sich in Annes langem Haar Läuse eingenistet hatten. Diese vermehrten sich rasch und schreckten auch nicht davor zurück, auf unsere Köpfe überzugreifen. Die Eier, »Nissen« genannt, klebten im Haar wie Blattläuse, während die Läuse selbst mehr auf der Kopfhaut saßen. Es juckte fürchterlich, und wir waren ständig dabei, uns wie die Affen zu kratzen.
Ulla betrachtete die Angelegenheit sehr gelassen und erklärte, daß das eben vom wochenlangen Schlafen in Stroh und Holzwolle komme.
Sie besorgte in der Drogerie ein scharfes, übelriechendes Zeug, das vor dem Waschen in Haar und Kopfhaut eingerieben wurde, und informierte Frau Peemöller.
Diese zeigte sich zunächst verständnisvoll, verlangte aber, daß Annes Haare abgeschnitten werden müßten, und zwar

sofort. Solch lange Haare seien ja direkt ein Nistplatz für Ungeziefer.
Annes Augen füllten sich mit Tränen, und Ulla schüttelte entschieden den Kopf. Die dicken, langen Zöpfe ihrer Ältesten waren der Stolz der ganzen Familie. Reni hatte kurzes Haar und ich selbst nur Rattenschwänzchen, wie Papa scherzhaft sagte.
»Die Zöpfe meiner Tochter haben die ganze Flucht überstanden. Da werden wir sie hier nicht abschneiden.«
Anne atmete erleichtert auf. »Wir können es ja einmal mit einem Läusekamm versuchen«, meinte sie hoffnungsvoll, »wie zu Hause.«
»Hattest du denn schon einmal Läuse?« fragte Frau Peemöller mißtrauisch.
Anne nickte. »Als ich in der ersten Klasse war.«
»Aha«, sagte Frau Peemöller bedeutsam. Ihr war nun alles klar. Diese so sauber und adrett aussehende Familie hatte sich die Läuse nicht auf der Flucht geholt, sondern von zu Hause mitgeschleppt.
Sie warf uns einen vernichtenden Blick zu und schloß dann geräuschvoll die Tür hinter sich, wobei sie noch einmal rief: »Die Haare müssen ab! Bei allen!«

Unsere Haare blieben dran, wenn wir auch noch zwei Wochen mit den Läusen zu kämpfen hatten. Laut Gebrauchsanweisung sollten wir durch das Wundermittel in kürzester Zeit ungezieferfrei sein. Aber die sicherste Methode war, wie sich herausstellte, nicht das Einreiben, sondern das Knacken.
Nach dem Abendessen setzte sich Anne darum meist auf ein Fußbänkchen, ich mich auf einen Stuhl dahinter, und dann durchsuchte ich das dichte, offene Haar nach den winzigen Tierchen, die ich zwischen den Fingernägeln knackte.
Ich erzählte dabei keine Märchen. Meine Arbeit, an die ich mit dem Spürsinn des Jägers heranging, verlangte volle Konzentration.
Es war eine für beide Teile befriedigende Aktion – bei Anne minderte sich das gräßliche Jucken, und ich hatte das gute Gefühl, etwas Nützliches für die ganze Familie zu tun.
Frau Peemöller ging tagelang mit eisigem Gesicht an uns vorbei, obwohl Ulla ihr erklärt hatte, daß Anne sich ihre ersten

Läuse bei einer unsauberen Mitschülerin geholt hatte. Doch als das Ungeziefer schließlich verschwand, ohne Frau Peemöller persönlich belästigt zu haben, und diese feststellen konnte, daß wir uns regelmäßig wuschen, verschwanden auch die Wolken von der Stirn unserer Vermieterin. Sie grüßte wieder freundlich und hielt mit Ulla ein Schwätzchen in der Küche, wenn diese ihre Kartoffeln schälte.
Unser Bleiben würde ja sowieso nicht mehr von langer Dauer sein. Radio- und Zeitungsmeldungen deuteten auf ein baldiges Ende des Krieges hin. Dann würden die Flüchtlinge wieder in ihre ostdeutsche Heimat zurückkehren, und Klein-Linden, und damit auch Frau Peemöllers Haus, würde so ruhig und still sein wie eh und je. Und der Gedanke an Läuse in ihrem so sauberen Haus würde wie ein ferner Spuk erscheinen.
Obwohl Deutschland schon zu einem großen Teil von alliierten Truppen besetzt war und Russen, Amerikaner, Engländer, Franzosen von allen Seiten näher rückten, sprach man immer noch von einem deutschen »Endsieg«.
Ich fragte Ulla, wie es in dieser Situation so schnell zu einem Sieg kommen könne.
»Es wird jetzt viel von einer Wunderwaffe geredet, die gerade entwickelt wird«, meinte meine Schwester. »Sobald die fertig ist und eingesetzt wird, soll die große Wende kommen.«

Unser aller Hoffnung, der Krieg würde bald vorbei sein, erfüllte sich nicht. Er griff jetzt sogar auch auf Holstein über. Kleinstädte und Bahnlinien, nicht weit von uns entfernt, wurden bombardiert, und wenn ich morgens in den Zug stieg, hatte ich Angst, er könnte das nächste Angriffsziel sein.
Auch unser kleines Dorf bot wohl keine Sicherheit mehr. Am liebsten hätte ich die Koffer gepackt und mich wieder auf die Flucht begeben.
Aber Ulla meinte: »Hier haben wir wenigstens zu essen und ein Dach über dem Kopf. Woanders fangen wir wieder ganz von vorne an. Die Front ist jetzt an allen Seiten. Keiner weiß, wo die Alliierten zuerst sein werden.
Außerdem kann ich mir nicht vorstellen, daß solch ein kleines Dorf wie Klein-Linden bombardiert wird. Hier ist doch kein Nachschublager wie in Blumenau oder gar eine Munitionsfabrik!«

Wahrscheinlich hatte sie recht. Unser Dorf war wirklich nur ein kleiner, unbedeutender Punkt auf der Landkarte, kein wichtiges Angriffsziel für Kampfflugzeuge.
Es gab noch einen anderen Grund, in Klein-Linden zu bleiben. Hier waren wir für unsere Familie erreichbar. In Berlin und Bad Freienwalde wußte man inzwischen bestimmt unsere neue Anschrift. Täglich konnte eine Antwort auf unsere Briefe eintreffen. Vielleicht war Mama sogar endlich auf dem Weg zu uns.
An meinen schulfreien Tagen ging ich der Postbotin immer ein Stück entgegen. Und dann konnte ich eines Tages wirklich eine Karte von Tante Anni in Empfang nehmen. Der Inhalt aber war enttäuschend.
Unsere Berliner Tante schrieb, sie freue sich, daß wir es geschafft hätten, noch rechtzeitig aus Leba herauszukommen. Gleichzeitig teilte sie uns mit, daß sich bisher noch niemand von der Familie bei ihr gemeldet habe.

Die Nachrichten in Radio und Zeitungen über den Verlauf der Kämpfe waren sehr widersprüchlich und entsprachen nicht dem, was die Flüchtlinge berichteten, die immer zahlreicher in Klein-Linden und den Nachbarorten eintrafen.
Nach dem, was sie erzählten, wurde mir klar, daß wir auf unserer Flucht unwahrscheinliches Glück gehabt hatten. Gegen den ärgsten Hunger hatte sich in der grünen Tasche immer noch ein Kanten Brot gefunden.
Die Front, deren Geschützdonner wir so oft gehört hatten, hatte uns nicht eingeholt.
Neben uns waren keine Granaten explodiert. Wir hatten uns keine Lungenentzündung auf offenen Güterwagen geholt und waren nicht voneinander getrennt worden. Wir hatten nicht im Schneesturm bei Tieffliegerbeschuß über das zugefrorene Haff laufen müssen und waren nicht wie andere im eisigen Wasser versunken.
Schaudernd hörte ich den Bericht einer Frau, die zur selben Zeit wie wir nach Klein-Linden gekommen war, ein mageres, sechsjähriges Mädchen an der Hand. Ihre drei Monate alten Zwillinge waren im Kinderwagen erfroren, der Älteste, ein zehnjähriger Junge, wurde von einem Panzer überrollt, als sie zwischen die feindlichen Linien gerieten.

»Wenigstens habe ich noch die Anka«, sagte sie und strich dem Kind über das dünne, blonde Haar.
Die Bilder, die sie heraufbeschworen hatte, verfolgten mich. Nachts wachte ich schreiend auf, weil ich von Panzern träumte, die die Dorfstraße entlangrollten, während ich wie gelähmt mitten auf der Fahrbahn stand und mich nicht fortbewegen konnte.
Ulla ließ sich von Frau Johannsen, die öfter mit dem Rad zum Einkaufen fuhr, aus der Schwarzenbeker Apotheke Baldrian mitbringen. Davon zählte sie mir abends zwanzig Tropfen auf einen Teelöffel Zucker. Baldrian beruhigt, das wußte ich von Mama.
Aber gegen meine Träume half der Pflanzenextrakt nicht, und so empfahl Ulla mir eine ablenkende Lektüre vor dem Schlafengehen.
Diese fand sich im Bücherschrank von Fräulein Seidler, einer alleinstehenden Frau, die in einem kleinen Häuschen an der Mühle wohnte und der ich gelegentlich im Garten half.
Fräulein Seidler besaß eine ganze Sammlung der schwermütigen Novellen von Theodor Storm, die meine Gedanken in andere, wenn auch nicht fröhlichere Bahnen lenkten.
Auf einer Fußbank in Fräulein Seidlers Wohnzimmer sitzend, den Rücken an den wärmenden Kachelofen gepreßt, verschlang ich eine Novelle nach der anderen – den Schimmelreiter, Immensee, Eekenhof, Bötjer Basch, Aquis submersus. Bewegt von den Schicksalen der Gestalten aus dem vorigen Jahrhundert, kehrte ich in unser Zimmer zurück. Statt von Panzern und Kanonen träumte ich von Hauke Haien, der sich mit seinem Schimmel in die aufgewühlte Nordsee stürzte, von Meister Daniel, der auf seinen verschollenen Sohn Fritz wartete, und Elisabeth, die einen ungeliebten Mann nahm.
Ich verbrachte viele Nachmittage in dem kleinen Haus an der Mühle. Während Fräulein Seidlers Stricknadeln friedlich klapperten und ihr schwarzer Kater schmeichelnd um meine Beine strich, las ich von Pole Poppenspäler und der schwarzen Lisei, der Puppenspielerstochter, die am Ende doch noch mit ihrem Paul glücklich wurde.
An Liseis Geschick nahm ich besonderen Anteil; denn auch ich war ja eine Puppenspielerstochter, deren Vater früher im Winter mit der Kasperbühne über Land gezogen war.

In meiner Vorstellung vermischten sich Liseis und mein Schicksal. Ich weinte bitterliche Tränen um den alten Vater Joseph, der an einem Brustleiden starb, und um meinen eigenen Vater, der im Osten verschollen war. Sogar einen Paul hatte ich inzwischen gefunden. Er hieß Uwe und war der zweite von vier Söhnen des Kaufmanns Carsten, bei denen wir den größten Teil unserer Einkäufe machten.
Uwe ging wie ich nach Reinbek aufs Gymnasium, allerdings in die Parallelklasse. Anfangs war er mir gar nicht aufgefallen, denn ich war mit meinen Gedanken noch so auf der Flucht, daß mich weder Klassen- noch Schulkameraden interessierten. Erst später hatte ich irgendwann bemerkt, daß Uwe eine ganz besonders nette Art zu lächeln hatte. Er zog dabei den rechten Mundwinkel hoch, was seinem Gesichtsausdruck etwas ungemein Erstauntes und gleichzeitig Vergnügtes gab. Wenn er laut lachte, war es so ansteckend, daß niemand in seiner Umgebung – selbst ich nicht – ernst bleiben konnte. Ich hörte ihn oft lachen, bei Carstens auf dem Hof, wenn ich einkaufen ging, in Reinbek auf dem Bahnhof, wenn wir auf den Zug warteten.
Uwe war einer der besten Sportler der Reinbeker Schule, und bei Ballspielen, gleich welcher Art, nahezu unschlagbar.
Ich versuchte, Elisabeth nach ihm auszufragen. Aber Elisabeth hielt nicht viel von Uwe. »Der ist noch viel zu grün«, sagte sie geringschätzig. »Außerdem hat er nur Sport im Kopf. Versuch einmal, dich mit ihm zu unterhalten. Da kommt nichts anderes dabei heraus als Fußball.«
Ich hätte schon gerne versucht, mich mit ihm zu unterhalten, aber dazu bot sich kaum Gelegenheit. Er steckte dauernd mit Hauke Mainz zusammen, und ich konnte mich schlecht in der Pause dazustellen und sagen: »Hallo, wie geht's?«
Auch im Zug war es nicht möglich. Jede Gruppe hatte ihr Stammabteil, das nie gewechselt wurde, auch dann nicht, wenn es schon voller Frauen mit Einkaufstaschen war.
Uwe, Hauke und ihre Freunde belegten stets das letzte, Elisabeth und ich das vorletzte Abteil. Zu uns stiegen dann in Schwarzenbek noch vier Handelsschülerinnen, die Elisabeth gut kannte und die bis Bergedorf fuhren.
In der ersten Zeit hatte ich mir bei Uwe öfter das Lateinbuch ausgeliehen, weil er nur zwei Häuser weiter wohnte. Aber da

ich das Lateinlernen aufgegeben und Elisabeth mir außerdem ihre Bücher angeboten hatte, wäre ein Besuch bei Carstens zu auffällig gewesen.
So ging ich nur mehrmals in der Woche dort einkaufen. Manchmal sah ich Uwe dann auf dem Hof beim Brikettaufstapeln oder beim Warenabladen. Hin und wieder schleppte er auch einen Sack Mehl in den Laden. Dann sagte er stets: »Hallo!« und grinste mich an. Das war aber auch alles.
Wir hatten denselben Weg zum Bahnhof, und ich trödelte morgens endlos, um ihm auf der Dorfstraße zu begegnen. Aber so spät wie er konnte ich einfach nicht losgehen. Ulla konnte ganz schön unangenehm werden, wenn ich mir zehn Minuten die Zähne putzte und noch einmal zurücklief, um meine Tasche umzupacken.
»Du wirst noch den Zug verpassen«, sagte sie jedesmal ärgerlich und schob mich aus der Tür. »Deine Trödelei kann einen ganz nervös machen!«
Uwe kam stets auf die letzte Sekunde. Ich hatte einmal gehört, wie er zu Hauke Mainz sagte: »Wenn ich an der Post bin und den Zug sehe, schaffe ich es immer noch. Ich laufe genau nach Zeit.«
Er schaffte es auch immer. Während der Mann mit der roten Mütze die Pfeife zum Mund hob und das Abfahrtssignal gab, rannte Uwe durch die Sperre und schwang sich in dem Augenblick aufs Trittbrett, wo der Zug gerade anrollte. Jens Bruhn hielt ihm schon jedesmal die Tür auf, während ich im Nebenabteil am Fenster stand und bibberte, er könnte doch einmal in der Eile das Trittbrett verfehlen.
Dabei guckte er nicht einmal zu mir hoch. Hätte ich ausgesehen wie Lisei, Pole Poppenspälers Tochter, hätte er mich bestimmt angeblickt.
Kummervoll betrachtete ich morgens mein glattes, helles Haar in unserem kleinen Spiegel. Die Sommersprossen auf der kurzen, breiten Nase, die ich von Papa geerbt hatte, machten mich auch nicht gerade schöner. Es war kaum anzunehmen, daß Uwe in Liebe zu mir entbrennen und mich eines Tages mit meinem endlich heimgekehrten Vater ins Kaufmannshaus holen würde.

Am 27. März – wir waren bereits drei Wochen in Klein-Linden – kam eine Karte von Papa.
Ich tanzte, die Karte in der Hand, selig durch unser Zimmer. Papa lebte!
Er hatte unsere Adresse von Tante Anni erfahren, während er in Waren-Müritz, in Mecklenburg, im Lazarett lag. Nicht wegen einer Verwundung, sondern mit einer Lungenentzündung war er dort hingekommen, befand sich aber schon auf dem Wege der Besserung.
»Brief mit Fluchtschilderung folgt«, hatte unser Vater unten auf die Karte gekritzelt. Jetzt hatte ich auch wieder Hoffnung, daß Mama nichts geschehen war.
Ulla und ich sprachen nun viel über unseren Vater, mehr als über Mama oder Bert. Wir wußten endlich, daß er noch lebte, daß er nicht an der Front, sondern in einem Lazarett war und daß man ihn dort allem Anschein nach gesundpflegte.
Es war die erste erfreuliche Nachricht, die wir seit Beginn unserer Flucht erhalten hatten, und wir kosteten sie weidlich aus. Gleich nach der Ankunft seiner Karte schickten wir Papa einen Brief und warteten nun ungeduldig auf Antwort.
Papas wechselvolles Leben erschien uns in der Erinnerung doppelt abenteuerlich. Wir zitierten seine Aussprüche, erinnerten uns gegenseitig an heitere Begebenheiten mit ihm und erzählten Anne und Reni, wie ihr Großvater dazu gekommen war, Schausteller zu werden.
Papa war als Sohn eines Königsberger Schuhmachers in bürgerlichen Verhältnissen aufgewachsen. Er erlernte auf Wunsch seines Vaters den Beruf des Tischlers. Seine Liebe aber gehörte dem Turnen, genauer gesagt der Akrobatik. Bei Festen seines Turnvereins trat er mit Partner auf, ließ sich hochstemmen, kletterte im Handstand Leitern hinauf und sprang diese wieder hinab, wobei er mit den Händen aufkam. Er war der Star des Vereins und überlegte, wie er aus seinem Hobby einen Beruf machen könnte.
Als er ausgelernt hatte, blieb er nicht in der Tischlerwerkstatt, sondern schloß sich einem kleinen Zirkus an, mit dem er als Kunstturner und Steilwandfahrer quer durch Deutschland bis nach Dänemark reiste.

Er nannte sich jetzt »Ernesto«, und vor den Aufführungen verkaufte man Postkarten von ihm, auf denen er im Turnerdreß neben den Leitern stand. Mit seinem kleinen, dunklen Schnurrbart sah er wie ein Südländer aus. Nach einer langen Krankheit arbeitete er bei einem Schausteller, der außer Schaubuden auch eine Marionettenbühne und ein Kaspertheater besaß.

Papa war sehr sparsam und machte sich bald selbständig. Er kaufte eine amerikanische Luftschiffschaukel, später eine Verlosungshalle, und nach der Heirat mit Mama vergrößerte er das Geschäft. Sie kauften Wohn- und Packwagen; zur Würfelbude kam die Ringbude, dann das Autokarussell.

»Bringt Opi jetzt wohl das Karussell nach Klein-Linden?« erkundigte sich Reni.

»Und die Wohnwagen?« fragte Anne. »Dann können wir gleich bei Frau Peemöller ausziehen.«

»Das glaube ich kaum.« Ulla seufzte. »Ihr wißt doch, daß unser Trecker schon lange von der Wehrmacht beschlagnahmt ist. Und allein kann der Opi die Wagen schlecht ziehen.«

»Aber es sind doch auch Pferdetrecks aus Ostpreußen herausgekommen«, gab ich zu bedenken. »Vielleicht hat Papa sich mit einem Bauern zusammengetan. Ich kann mir nicht vorstellen, daß er die Wagen so einfach im Stich gelassen hat. Sie sind doch seine ganze Existenz!«

Ulla meinte, daß die Bauern sicherlich lieber ihre eigenen Sachen als einen fremden Wohnwagen mitgenommen hätten. Aber auch sie begann etwas Hoffnung zu nähren.

In Klein-Linden waren inzwischen zwei ostpreußische Bauern mit Pferdewagen eingetroffen, der eine zweispännig, der andere sogar vierspännig. Papa war mit einem Bauern in Königsgut, nicht weit von Hohenstein entfernt, befreundet gewesen. Vielleicht hatte der ihn mitgenommen.

Wenn Papa wenigstens einen Wohnwagen hätte retten können, so wären wir »aus dem Schneider«, wie Ulla sagte. Wir hätten ein eigenes Dach über dem Kopf, eine komplette kleine Wohnungseinrichtung, Geschirr und Bettzeug. Es wäre fast zu schön, um wahr zu sein.

Anne und Reni überlegten, wo wir den Wagen hinstellen könnten. Am besten geeignet schien der große freie Platz hinter der Sparkasse. Da hätten sogar zehn Wagen Platz gehabt.

»Am besten ist es, wenn Opi beide Wohnwagen mitbringt«, überlegte Anne. »Dann haben wir auch noch die Veranda.«
Reni dagegen hoffte immer noch, daß er mit dem Karussell käme. Sie wollte dann Freikarten an ihre neuen Freundinnen austeilen und alle die ausschließen, die sich irgendwann einmal über ihren Dialekt lustig gemacht hatten.
»Wir wollen uns lieber keine allzu großen Hoffnungen machen«, sagte Ulla. »Wenn Papa irgend etwas gerettet hätte, hätte er es wahrscheinlich schon auf der Karte geschrieben.«

Trotz Krieg und Flucht näherte sich Ostern. Wie zu Hause schnitten wir schon Tage vorher Birkenzweige, stellten sie in Ermangelung einer Vase in ein mit Wasser gefülltes Weckglas und warteten, daß sie grüne Blättchen trieben.
Am Ostersonntag gingen Anne und Reni dann, wie früher in Rastenburg, mit den Birkenzweigen von Haus zu Haus zum Schmackostern. Sie sagten an jeder Tür ihr Sprüchlein auf: »Zum Schmackostern komm' ich her, gebt mir alle Eier her! Laßt sie sein, wie sie wollen: rot, blau, grün und weiß, nehm' ich sie mit Dank und Fleiß. Laßt mich nicht so lange stehn, ich muß gleich wieder weiter gehn.«
Zu Hause hatte es auch in Kriegszeiten immer einen ganzen Korb Eier gegeben. Hier war die Ausbeute sehr mager, zwei Eier insgesamt. Das lag weniger an der schlechten Ernährungslage, auf dem Lande gab es genug eierlegende Hühner, als daran, daß das Schmackostern in Norddeutschland unbekannt war und man für diesen ostpreußischen Brauch wenig Verständnis erwarten konnte.
Nach Ostern bekamen wir vom Förster Buchenholz und Buschholz. Letzteres sägten Ulla und ich viele Nachmittage lang auf dem Hof, nachdem wir unter Frau Peemöllers Anleitung zuerst die dünnen Seitenäste abgehackt hatten.
Wenn wir uns dann den Schweiß von der Stirn wischten, sagte Ulla jedesmal: »Wie würde ich nur ohne dich fertig werden, Inge!«
Das Buchenholz sägte uns der Ortsbauernführer mit der Kreissäge in einigermaßen handliche Kloben, nachdem meine Schwester ihn immer wieder darum gebeten hatte. Danach begann Ulla mit dem Hacken der Kloben. Es war eine mühsame Arbeit.

In Rastenburg hatten Papa und Bert Holz gehackt; wenn es nötig war, auch schon mal die Tanten, aber nie Mama oder Ulla.
Meine Schwester arbeitete so langsam und ungeschickt, daß Frau Peemöller hinter ihrem Rücken Tränen lachte und ich vor Wut kochte.
Zu gerne hätte ich ihr geholfen. Aber Ulla wehrte ab: »Das ist nichts für dich. Was würde Mama sagen, wenn du dir einen Finger abhacktest!«
Ich fand ihre Besorgnis lächerlich, konnte sie ihr aber nicht ausreden. Plötzlich war ich wieder ein Kind, für das sie die Verantwortung trug, und keine Schwester, ohne die sie nicht auskommen konnte.

An manchen Tagen war es schon frühlingshaft warm. Im Garten sproß der Rhabarber, der Flieder hatte dicke Knospen, und Frau Peemöller setzte die Frühkartoffeln. In Omas Garten blühten jetzt sicher auch schon die Veilchen, und die Stachelbeeren trieben grüne Blättchen. Anne hatte bei Johannsens einen Veilchenstrauß für Ulla gepflückt. Er stand auf dem Fensterbrett in einem kleinen Glas, und zwei Tage lang duftete unser Zimmer wie zu Hause.
Wenn Ulla draußen arbeitete, saß ich oft auf den Steinstufen, die von der Küchentür auf den Hof führten, und schaute ihr zu, zum einen, um aufzupassen, daß niemand hinter ihrem Rücken lachte, zum anderen, um sie durch meine Anwesenheit wenigstens moralisch zu stärken. Dabei machte ich sie wahrscheinlich eher nervös, denn sie sagte oft ungeduldig: »Nun sitz doch hier nicht so rum! Du wirst dich noch erkälten. Lauf lieber rüber zu Elisabeth!«
Aber ich blieb, und während ich meiner Schwester zuschaute, die sich mit der Axt abmühte, dachte ich an zu Hause.
Wenige Tage vor unserer Flucht hatte ich nach der Schule Tante Lene beim Holzhacken angetroffen. Sie schlug mit verbissenem Gesicht auf den Hauklotz, daß die Scheite in hohem Bogen zur Seite flogen.
Statt meinen Gruß zu erwidern, wies sie anklagend zum Himmel, in dessen kalter Bläue ein Flugzeug kreiste. »Da fliegen sie schon wieder. Ich möchte bloß wissen, für wen ich noch das Holz hacke!«

Meine Klassenlehrerin hatte Ulla zu einem Gespräch gebeten, um mit ihr meine zum Teil mangelhaften Lernfortschritte zu erörtern. Deshalb fuhr Ulla an einem Montagmorgen mit mir nach Reinbek.

Meine Schwester und ich wollten nach Schulschluß gemeinsam nach Hause fahren, und Ulla nutzte die verbleibende Zeit, indem sie sich in eine Schlange vor einem Gemüsestand einreihte. Sie erwartete mich dann mit zwei großen gefüllten Einkaufstaschen.

Auf meine Frage, was die Lehrerin denn gesagt habe, antwortete sie nur: »Nichts von Bedeutung. Das kriegen wir schon wieder hin.«

Im Zug schnitt sie ein Stück von einer Steckrübe ab, schälte es und schnitt es in Streifen. Wir knabberten vergnügt wie die Kaninchen.

»Weißt du«, meinte meine Schwester zufrieden, »die Fahrt nach Reinbek hat sich in jedem Fall gelohnt. Von den roten Beten, die ich in der Tasche habe, können wir mindestens zwei Mahlzeiten kochen. Und die Steckrüben reichen auch noch für ein Mittagessen.«

»Und meine Zensuren?« fragte ich.

»Ich habe mich mit Frau Krause sehr nett unterhalten«, sagte Ulla würdevoll.

Ich mußte lachen. »Sich nett unterhalten« konnte meine Schwester großartig. Wahrscheinlich hatte sie der Lehrerin erklärt, daß ich ein armes, elternloses Kind sei, das schwere Zeiten hinter sich habe und viel Verständnis brauche.

Ich hatte einen bitteren Geschmack auf der Zunge. Vielleicht war ich ja wirklich ein armes Waisenkind. Gestern war wieder ein Brief aus Berlin gekommen. Mama hatte sich dort noch immer nicht gemeldet. Auch von Papa war nichts mehr zu hören. Vergeblich warteten wir auf seinen angekündigten langen Brief.

Zwischen Wohltorf und Aumühle hörten wir plötzlich Schüsse. Ich schrie laut auf und klammerte mich an Ulla. Der Zug hielt so abrupt, daß seine eisernen Räder auf den Schienen kreischten. »Schnell raus!« rief eine Männerstimme. Ulla packte mich, zog mich zur Tür. Mit den anderen Reisenden sprangen wir hinaus, rollten die Böschung hinunter und warfen uns in den Eisenbahngraben.

Unaufhörlich fielen Schüsse. Ich lag lang ausgestreckt, den Kopf auf die Erde gepreßt, und dachte: Jetzt ist es aus!
Ebenso plötzlich wie die Flugzeuge gekommen waren, flogen sie davon. Das Geknatter der Maschinengewehre verstummte. Ulla zog mich hoch. »Wir können wieder einsteigen.«
Ich stand einen Augenblick wie benommen. Ulla lebte, ich lebte. Wir waren wieder einmal davongekommen.
»Ist denn niemand getroffen?« fragte ich und schaute mich nach meinen Schulkameraden um.
»Ich glaube nicht«, sagte Ulla nüchtern. »Jedenfalls habe ich niemanden schreien hören.«
Mechanisch klopfte ich mir den Sand von der Kleidung und stolperte hinter Ulla her. Meine Schwester schnaufte ein bißchen, als sie die Böschung hinaufkletterte. Trotz der Schüsse und der hastigen Flucht hatte sie die Taschen mit dem Gemüse nicht im Abteil stehenlassen.
Nach diesem Zwischenfall ließ Ulla mich nicht mehr zur Schule fahren. »Bist du sechs Wochen ohne Schulweisheit ausgekommen, kannst du es auch noch ein bißchen länger. Was du da lernst, rechtfertigt in keiner Weise die Gefahr, in die du dich begibst«, meinte sie. »Ich habe euch nicht heil hergebracht, damit hier noch etwas passiert!«
So blieb ich also wieder zu Hause, erledigte die Einkäufe und half beim Kochen.
Einmal verkaufte uns die Milchfrau, die selber eine kleine Landwirtschaft hatte, fünf Pfund Grütze ohne Lebensmittelmarken. Unter Frau Peemöllers Anleitung kochten Ulla und ich davon tagelang einen dicken Brei, über den etwas Zucker gestreut und Milch gegossen wurde. Wir hatten nie gewußt, wie gut so etwas schmeckte.
Ich schrieb mir gleich das Rezept auf. Und da ich jetzt Zeit hatte, viel zuviel, beschloß ich, für Mama eine Rezeptsammlung anzulegen.
Ich klammerte mich jetzt wieder an den Gedanken, daß wir bald nach Rastenburg zurückkehren würden, wo Mama in Omas Haus auf uns wartete.
Frau Peemöller, durch mein Interesse für die holsteinischen Gerichte geschmeichelt, diktierte mir bereitwillig die Rezepte für Grünkohl mit Speck, Grützwurst mit Rosinen und Fliederbeersuppe.

Anfang April brachte uns die Postbotin eine Karte von Herrn Spierl. Berts Kriegskamerad teilte uns die neue Anschrift seiner Frau mit, die von Bad Freienwalde aus nach Magdeburg geflüchtet war.
Ulla las Herrn Spierls Karte viele Male. Aber außer der Magdeburger Adresse fand sich nur die kurze Nachricht, daß er von Bert seit dem 14. Januar nichts mehr gehört habe.
Meine Schwester seufzte.
Ulla und ihr Mann hatten vereinbart, daß jeder von ihnen sofort an Frau Spierl schreiben sollte, falls der Krieg sie auseinanderreißen würde. Da diese jetzt nicht mehr in Freienwalde wohnte und er Tante Annis Anschrift nicht kannte, würde Bert unseren Aufenthaltsort nicht erfahren können.
Ulla brachte noch am selben Tag einen Brief an Frau Spierl zur Post. Vielleicht wußte sie ja doch etwas über Bert und hatte nur noch keine Zeit zum Schreiben gehabt.
Ich dachte an all die Pakete, die Ulla noch kurz vor unserer Flucht nach Bad Freienwalde geschickt hatte. Wahrscheinlich waren sie gar nicht mehr angekommen.

Endlich, Mitte April, kamen kurz nacheinander zwei lange Briefe von Papa. Der eine war am 27. März, der andere am 31. abgestempelt worden. Sie hatten jeweils vierzehn Tage gebraucht, bis sie uns erreichten.
Wir erfuhren, daß Papa Hohenstein schon am 19. Januar, also vier Tage vor Beginn unserer Flucht, verlassen hatte. Das Lager, in dem er arbeitete, wurde wegen der Bombardierung durch russische Flieger aufgelöst. Die Gefangenen und das Aufsichtspersonal wurden in Richtung Elbing/Dirschau in Marsch gesetzt.
»Hohenstein brannte an mehreren Stellen«, schrieb Papa, »an der Allensteiner Straße standen noch unversehrt unsere Wagen. Ich schaute sie nur kurz an. Es war wohl ein Abschied für immer.«
Ulla sagte leise: »Es muß schlimm für ihn gewesen sein, alles zu verlieren, was er jahrelang aufgebaut hat.«
Es folgte eine ausführliche Schilderung seiner Flucht. Vermutlich wollte er uns nicht nur mitteilen, was er an Schrecklichem erlebt und gesehen hatte, sondern auch versuchen, sich von seinen Eindrücken zu befreien.

Ulla und ich blickten uns an, als wir lasen, daß er auch durch Stavenhagen gekommen war. Dort hatten sich Frau Hack und Ruth von uns getrennt.
»Hier ist es ganz ruhig«, schrieb Papa am Schluß seines zweiten Briefes. »Ihr solltet überlegen, ob Ihr nicht zu mir nach Mecklenburg kommen wollt. Wir wären wenigstens alle zusammen und könnten gemeinsam das Ende des Krieges abwarten.«
Papa hatte recht. In Klein-Linden hielt uns eigentlich nichts. Wir begannen wieder zu packen und uns für die Reise zu rüsten. Wir würden nach Waren-Müritz fahren und eine Wohnung nehmen. Papa würde nach seiner Entlassung aus dem Lazarett zu uns ziehen, bis wir alle gemeinsam nach Rastenburg zurückkehren könnten.
»Von Mecklenburg aus ist es auch nicht so weit bis nach Ostpreußen«, sagte meine Schwester, während sie einen halben Brotlaib in Scheiben schnitt und zum Trocknen in die Röhre des Kachelofens schob.
Sie hatte anscheinend vergessen, daß wir noch vor kurzem soweit wie möglich von Ostpreußen weg wollten.

Es wurde nichts aus unserer Fahrt nach Waren-Müritz. Nur drei Tage später kam ein weiterer Brief von Papa, in dem er uns riet, noch abzuwarten. Die Front sei jetzt von ihm genausoweit entfernt wie von uns.
Bald darauf hörten wir nachts in der Ferne Sirenengeheul und Geschützdonner.
Ich war schon eingeschlafen und schreckte schreiend hoch, weil ich glaubte, das Haus würde über uns zusammenstürzen.
»Ulla!« schrie ich, »Ulla, die Flieger!«
»Sei still! Weck mir nicht die Kinder auf!« zischte meine Schwester. »Die Flugzeuge sind doch weit weg.«
Anne und Reni atmeten ruhig und gleichmäßig. Sie hatten nichts gehört.
Ich war schweißgebadet. Das Grollen der Geschütze klang wie das Donnern einer sich ständig nähernden Brandung. Es war alles genau wie in Leba. Die Front kam unaufhaltsam näher. Wir mußten weg, so schnell wie möglich. Keinen Tag länger durften wir hier bleiben.
»Ulla«, flüsterte ich eindringlich, »wir müssen hier weg.«

»Wo sollen wir denn hin?« fragte meine Schwester ungeduldig. »Sei jetzt still und schlafe.«
Ich hörte, wie sie sich auf die andere Seite drehte und das Deckbett hochzog.
Am nächsten Tag zogen Tiefflieger über unser kleines Dorf und schossen auf alles, was sich bewegte. Als die ersten Schüsse fielen, sprang Herr Olrogge, Johannsens Maurer, der gerade die Straße entlangradelte, vom Fahrrad und warf sich in den Straßengraben.
Ich stand am Fenster und hielt nach Ulla Ausschau, die zum Bäcker gegangen war. Wie hypnotisiert starrte ich abwechselnd auf das tiefkreisende Flugzeug und auf den Mann im Straßengraben. Wo mochte Ulla jetzt sein?
Plötzlich waren die Flieger wieder fort. Ich stürzte nach draußen. Am Ende der Straße sah ich Ulla um die Ecke biegen. Sie hielt ein Netz mit Brot in der Hand und winkte mir zu. Im Dorf war niemand verletzt, auch Herr Olrogge nicht. Nur Hinrichs' bestes Pferd, eine kräftige rotbraune Stute, die draußen auf der Weide gegrast hatte, war getroffen worden. Der Fleischer nahm eine Notschlachtung vor. Dann gab es für jeden, der wollte, ohne Lebensmittelkarten Pferdefleisch.
Die Bauersfrauen rümpften die Nase. Pferdefleisch zu essen hatten sie Gott sei Dank nicht nötig, aber die Flüchtlinge standen Schlange und packten ein, soviel sie kriegen konnten. Das würde ein Festessen nach den fast fleischlosen Wochen.
Wenige Tage später erhielten wir einen Brief von Frau Spierl. Sie hatte von einem anderen Kriegskameraden ihres Mannes erfahren, daß Bert Anfang Februar in der Nähe der ostpreußischen Stadt Zinten verwundet worden war und in Pillau im Lazarett gelegen hatte.
Ulla schwankte zwischen Hoffnung und Verzweiflung. Endlich hatte sie ein Lebenszeichen von Bert. Aber die Nachricht war schon mehr als zwei Monate alt, und Frau Spierl hatte nicht geschrieben, welcher Art Berts Verwundung war. Wir dachten beide an den Hauptmann in dem Güterwagen, der die Fahrt nicht überlebt hatte.
Dieser Brief sollte für lange Zeit die letzte Post sein, die uns erreichte. Kurz danach waren in Magdeburg schon die Engländer, und die Verbindung zu Frau Spierl riß ab.

Um Klein-Linden herum grünten die Bäume. Anne und Reni gingen mit Johannsens Kindern zum Birkenschütteln, sammelten zahlreiche Maikäfer in Streichholzschachteln und brachten die braunen Krabbeltiere stolz nach Hause.

Es wurde wärmer, und wir hatten nichts Passendes zum Anziehen. Ullas Sommersachen und die der Kinder waren wohl in Bad Freienwalde, und meine hatte Mama mitbringen wollen. Sie hatte sich das damals so leicht vorgestellt. »Pack nur das Nötigste ein, Ingemaus! Ich komme dann gleich mit dem nächsten Zug nach und bringe das übrige.«

Kleidung gab es nicht zu kaufen, aber wir hatten Bezugsscheine für einen Stoff bekommen. Ulla und ich wollten versuchen, die Scheine in Schwarzenbek einzulösen.

Da es inzwischen zu gefährlich war, den Zug zu benutzen, beschlossen wir, zu Fuß zu gehen. Anne und Reni ließen wir bei Johannsens.

In dem Schwarzenbeker Textilgeschäft war es brechend voll. Auch andere Leute hatten Bezugsscheine erhalten. In den Regalen lagen einige Stoffballen. Ulla musterte sie mit kundigem Blick. »Der blaue da wäre etwas für den Sommer«, entschied sie. Doch wir waren noch lange nicht an der Reihe. Wer wußte, ob bis dahin noch etwas übrig war.

Plötzlich hörten wir Flugzeuge dicht über dem Haus. Schüsse fielen, Scheiben splitterten. Alles warf sich auf den Boden. Es war keine Zeit mehr, in den Luftschutzkeller zu gehen.

Neben mir stöhnte eine Frau: »Oh, Jesus, ist es denn immer noch nicht genug, nach allem, was ich durchgemacht habe!« Eine andere Frau schluchzte, dazwischen knatterten die Maschinengewehre.

Wie durch ein Wunder wurde niemand verletzt.

Als der Angriff vorbei war, leerte sich der Laden im Nu. Jeder wollte so schnell wie möglich nach Hause. Die Verkäuferin strich sich die wirren Haare aus der Stirn und starrte auf die zerbrochenen Fensterscheiben und die Glasscherben auf dem Boden.

»Können Sie mir jetzt wohl bitte meinen Stoff geben?«

Ulla stellte sich entschlossen vor den Ladentisch.

Die Verkäuferin blickte sie entgeistert an. »Jetzt?«

»Ja«, sagte meine Schwester. »Ich weiß nicht, wann ich wieder herkommen kann. Und wir haben nichts anzuziehen.«
Sie blickte zu den Regalen hinüber und stellte befriedigt fest, daß der blaue Stoff noch da war.
»Den da oben rechts hätte ich gern.« Sie hielt der Frau ihren Bezugsschein für zehn Meter Stoff hin.
Die Verkäuferin stellte eine kleine Leiter an das Regal und holte den Ballen herunter. Ich sah, daß ihre Hände zitterten. Die Frau nahm den Meterstock und maß ab.
»Ein schönes Blau«, sagte Ulla zufrieden und suchte das Geld heraus.
Als wir Schwarzenbek hinter uns gelassen hatten und in den Landweg nach Klein-Linden einbogen, mußte ich mich übergeben. Ich hatte nicht so starke Nerven wie meine Schwester.

Kurz vor Kriegsende kamen noch Panzerjäger und Soldaten der Luftwaffe nach Klein-Linden. Frau Peemöller mußte, wie viele andere Dorfbewohner, seufzend ein weiteres Zimmer räumen und Wehrmachtsangehörigen überlassen.
»Na, wenigstens haben wir jetzt Männer im Haus, die uns verteidigen«, meinte sie hoffnungsvoll. Aber als die ersten Artilleriegeschosse über uns hinwegschwirrten, zogen die Soldaten ab.
In der Nacht zum Sonntag, dem 29. April, war der Beschuß so stark, daß wir die meiste Zeit im Keller in der Waschküche verbrachten. Am Morgen schleppten wir unsere Betten und die Koffer nach unten und richteten uns darauf ein, die nächste Zeit dort zu verbringen.
Zwei Tage lang lag Klein-Linden zeitweise unter Artilleriebeschuß.
»Lange kann das nicht mehr dauern«, versicherte Ulla. »Die Engländer müssen jeden Augenblick hier sein. Und dann ist für uns der Krieg vorbei.«
Ich schrie schon längst nicht mehr, wenn die Geschosse heulten. In der ersten Nacht hatten wir alle kein Auge zugemacht, und auch in der zweiten konnten wir trotz der Betten im Keller nicht schlafen.
Ich besann mich auf meine Pflichten als Ullas Stütze und erzählte den Kleinen wieder Märchen – von Jorinde und Joringel, von der kleinen Seejungfrau, vom Teufel mit den drei

goldenen Haaren und vom dicken, fetten Pfannekuchen. »Da lag der Pfannekuchen, fett, braun und appetitlich anzuschauen, auf einem Teller eßbereit, mit Puderzucker überstreut. Doch als er ringsumher die off'nen Kindermünder sah und auch die Gabeln schon ganz nah, da schrie er laut: O Schreck, o Graus! und sprang vom Tisch und lief zur Tür hinaus.«
»Werden wir jetzt alle totgeschossen?« fragte Reni.
»Können wir nicht weglaufen wie der Pfannekuchen?«
Ulla schüttelte den Kopf. »Jetzt können wir nirgends mehr hinlaufen.«
Draußen schwiegen die Geschütze für einen Augenblick. Auch ich schwieg.
»Erzähl weiter!« drängte Anne. Auch wenn die Kleinen die Geschichte schon kannten, wollten sie doch das Ende hören.

Am Dienstag morgen wagte sich Frau Peemöller ins Nachbarhaus. Es war keine gute Nachricht, die sie mitbrachte. Das fünf Kilometer von uns entfernte Dorf Büchen war bombardiert worden, die Bombensplitter zum Teil bis in die Nachbardörfer geflogen. Eine Reihe von Klein-Lindener Häusern war beschädigt, wenn auch nicht zerstört worden. Die Frauenschaftsleiterin und ihr fünfjähriger Sohn aber, die über den Hof gegangen waren, um nach den Hühnern zu schauen, waren tödlich getroffen worden.
Ich fragte vorsichtig nach den Nachbarn, nach Johannsens und Hinrichs, nach Fräulein Seidler und Carstens und atmete auf, als Frau Peemöller erklärte: »Alles in Ordnung. Ich war gerade bei Carstens drüben und habe etwas Mehl geholt. Wir müssen uns ja wenigstens eine Suppe kochen.«
Also war auch Uwe nichts passiert.
Wir wagten uns wieder nach oben, ließen aber unsere Sachen noch im Keller. Ulla kochte die Suppe, ich einen Topf Kartoffeln, und Frau Peemöller spendierte großzügig für jeden ein Ei, denn die Hühner legten fleißig, trotz Artilleriebeschuß.
Nach dem Essen beobachtete ich vom Fenster aus die Straße. Und dann kamen wirklich die Panzer, von denen ich so oft geträumt hatte. Aber ich stand nicht wie gelähmt auf der Fahrbahn, sondern hinter den geschlossenen Scheiben.
Klein-Linden wirkte wie ausgestorben, und die Panzer rollten so ruhig über den holprigen Sandweg, als hätten sie sich auf

einer Truppenparade befunden. Doch der Anblick täuschte. Die Soldaten auf den Panzern hatten ihre Gewehre nicht zum Spaß im Anschlag, und bald fielen die ersten Schüsse.
Wir rannten in den Keller zurück. Von drei Engländern wurden wir später herausgeholt. Zwei von ihnen durchsuchten anschließend das Haus nach Soldaten und Waffen. Der dritte stand auf dem Hof, das Gewehr schußbereit. Wir warteten mit erhobenen Armen vor der Küchentreppe.
»Ein Glück, daß die Panzerjäger weg sind«, raunte Ulla.
Reni wurde bald müde und ließ die Arme sinken. Aber Ulla hob sie wieder hoch. Der Soldat winkte lächelnd ab. Von einem kleinen Kind erwartete er keine Ergebenheitsbezeugung.
Ich dachte: Wie kann er nur lächeln mit dem Gewehr im Anschlag? Aber irgendwie beruhigte es mich. Auf uns wollte er anscheinend nicht schießen, und deutsche Soldaten waren keine mehr im Dorf.
Frau Peemöller hatte die beiden Engländer durch die einzelnen Räume führen müssen. Jetzt rief sie mit schriller Stimme: »Komm mal, Inge! Die wollen etwas wissen, und ich kann sie nicht verstehen! Du kannst doch Englisch!«
Sie waren in der Küche angelangt. Frau Peemöller stand am Herd und erklärte mit weit ausholenden Gesten immer wieder: »Nix, nix!« Was wohl bedeuten sollte, daß wir keine Soldaten und Waffen versteckt hatten. Diese Männer lächelten nicht. Sie blickten mißtrauisch und überschütteten mich mit einem Wortschwall, dem ich nichts entnehmen konnte.
»Nun sag doch etwas!« forderte Frau Peemöller mich gereizt auf. Doch mein Kopf war ganz leer. Ich war überzeugt, daß mir kein einziges englisches Wort einfallen würde.
Die Soldaten sahen mich ungeduldig an.
»No soldiers«, brachte ich endlich etwas mühsam heraus. »All away.«
»Whereto?« fragten die Männer aufgeregt. Sie glaubten wohl, die Panzerjäger wären erst seit wenigen Minuten fort.
Ich machte eine vage Handbewegung. »Don't know.«
Woher sollte ich wissen, wohin sie gezogen waren?
Dann fiel mir das rettende Wort ein: »Three days ago.«
Die Engländer schienen erleichtert. Deutsche Soldaten, die vor drei Tagen abgezogen waren, brauchten sie nicht zu fürchten.

Trotzdem hatten sie es plötzlich eilig, riefen ihrem im Hof wartenden Kameraden ein paar Worte zu, liefen noch einmal mit dröhnenden Stiefeln durch den Keller und waren im Nu verschwunden.
Wir atmeten auf. »Heute nacht werden wir endlich wieder schlafen«, sagte Ulla. »Und jetzt wollen wir nur noch daran denken, daß der Krieg endlich aus ist und wir bald nach Hause zurückkönnen.«
Frau Peemöller dämpfte unseren Optimismus: »Der Krieg ist noch lange nicht aus, nur weil die Engländer hier sind. In verschiedenen Gebieten wird noch gekämpft.« Und sie fügte hinzu: »Da kann noch vieles geschehen.«
Die letzte Etappe unserer Flucht führte uns von einem Ende des Dorfes zum anderen.
Wir schliefen nur eine Nacht in unseren Betten. Dann kam der Befehl, daß die Klein-Lindener Häuser diesseits der Bahnbrücke für drei Tage zu räumen seien. Hier lagen alle großen Bauernhöfe. Die Engländer wollten eine Siegesfeier veranstalten.
Jeder der Einwohner durfte soviel mitnehmen, wie er tragen konnte. Weinend packte Frau Peemöller ihre Habseligkeiten zusammen und lud sie auf den Handwagen. Nun mußte sie doch noch auf die Flucht gehen, wo der Krieg fast aus war. Ich sah ihr ungerührt zu. Wir waren fast zwei Monate lang herumgezogen. Und wir hatten dabei unsere Koffer schleppen müssen und keinen Handwagen ziehen können.
»Mein Gott, mein Gott!« jammerte unsere Hauswirtin. »Ich kann doch nicht so viele gute Sachen hierlassen. Die Engländer nehmen bestimmt alles mit. Und auf den Handwagen paßt nichts mehr. Wenn ich wenigstens die Fahrräder retten könnte.«
Sie besaß ein Damen- und ein Herrenrad, die sie uns auch für dringende Fahrten nach Schwarzenbek nie ausgeliehen hatte. Jetzt machte sie uns den Vorschlag, doch unsere Koffer daraufzupacken: »Dann braucht ihr das Gepäck nicht zu tragen, und ich habe die Räder in Sicherheit.«
Ich hätte am liebsten gesagt: »Wir sind es gewöhnt, Koffer zu schleppen und können auf die Räder verzichten.«
Ulla stieß mich an. So packten wir also unser Gepäck auf die Räder. Anne und Reni halfen, den hochbepackten Handwa-

gen zu schieben. Mit einer großen Schar anderer Dorfbewohner schoben wir den Nothberg hinauf über die Eisenbahnbrücke, wo nur noch wenige kleine Häuser standen.
Wir kamen mit siebzig Personen im Haus des Eisenbahners Breier unter, allerdings auf dem Dachboden, der mit Stroh ausgelegt war. Schadenfroh dachte ich, daß sich Frau Peemöller jetzt hier vielleicht Läuse holen würde. Dann würde sie bestimmt der Schlag treffen.
»Daß ich einmal auf Stroh schlafen muß, hätte ich mir auch nicht träumen lassen«, jammerte Frau Bruhn, die Frau eines der reichsten Bauern, und breitete sorgsam eine dicke Decke über die harten Halme.
»Man kann sich daran gewöhnen«, sagte meine Schwester. »Sie werden es nicht für möglich halten, aber wir hatten zu Hause auch Matratzen und Federbetten.«
Zweimal am Tag zu bestimmten Zeiten durfte, wer Vieh besaß, hinunter ins Dorf zum Füttern und Melken. Da die Milch nicht wie sonst in der Molkerei abgeliefert werden konnte, bekamen wir reichlich Vollmilch, außerdem noch eine Extrazuteilung von Grütze zu je zwei Pfund pro Person.
»Sogar in dieser miesen Lage hat es seine Vorteile, wenn man auf dem Lande lebt«, meinte Ulla nachdenklich. »Wie mag es jetzt den Stadtbewohnern gehen?«
In dem Eisenbahnerhaus wohnte auch der Fleischer. Er erbot sich, die Verpflegung in die Hand zu nehmen, und kochte für alle Bohnensuppe in einem großen Waschkessel.
»Jetzt ist es wieder genau wie auf der Flucht«, erklärte Reni wichtig ihrer neuen Freundin Elke, der kleinen Tochter der Milchfrau. »Da kriegt man immer etwas aus großen Kesseln zu essen. Man muß sich immer in die Schlange stellen. Und wenn man nicht aufpaßt, ist der Kessel schon leer, wenn man an der Reihe ist. Und es ist auch schlimm, wenn man keine Schüssel hat. Dann muß man sich nämlich erst eine suchen, wie wir auf dem Schiff. Und da war dann das ganze Email abgeschlagen.«
Elisabeth und ich saßen mit anderen Mädchen unter der großen Rotbuche und überlegten, ob wir nach den drei Tagen wirklich wieder in unsere Wohnungen zurückkönnten.
Später kamen auch die Jungen zu uns. Sie zeigten uns große blanke Aluminiumbehälter, die sie auf den Feldern gefunden

hatten. »Sie sehen aus wie lange Zigarren.« Elisabeth lachte. »Eher wie kleine Flugzeuge«, meinte Hauke.
Wir rätselten, was das für Dinger seien.
»Mir ist es egal, was das ist«, sagte Uwe und hielt einen der glänzenden Behälter hoch. »Auf jeden Fall weiß ich, wozu man sie gebrauchen kann. Es sind ganz prima Boote. Wenn wir wieder unten im Dorf sind, fahre ich damit auf dem Mühlenteich.«
»Nimmst du mich dann mal mit?« fragte Elisabeth.
»Mal sehen«, sagte Uwe. »Wenn du reinpaßt. Die Dünnste bist du ja gerade nicht.«
Besonders freundlich war er wirklich nicht. Ich war nun froh, daß ich nicht auch gefragt hatte.
Der Fleischer erklärte uns am Nachmittag, daß die Aluminiumboote leere Benzinkanister seien, die die Flugzeuge abgeworfen hatten.

Am Sonnabend, dem 5. Mai, hatte Reni Geburtstag. Sie wurde endlich fünf.
Wir bauten ihr nachts auf dem Strohboden einen Geburtstagstisch auf. Das heißt, wir schichteten das Stroh dicht neben ihrer Schlafstelle auf, breiteten ein Handtuch darüber und legten unsere Geschenke darauf.
Ulla hatte schon vor dem Einmarsch der Engländer ein paar Mürbteigplätzchen gebacken – »Kuchchen«, wie man sie in Ostpreußen nannte – und für diesen Tag aufgespart.
Außerdem bekam Reni eine kleine selbstgebastelte Puppe und ein »Mensch ärgere dich nicht«, das ich auf Pappe gezeichnet hatte. Als Figuren nahmen wir Knöpfe, die Frau Peemöller aus ihrer Nähkiste herausgesucht hatte.
Unsere Kleine strahlte, als sie erwachte. Für kurze Zeit war sie der Mittelpunkt in der engen Dachkammer. Von allen Seiten wurde gratuliert, und Reni verteilte großzügig Kuchchen an die Umsitzenden. Frau Peemöller schenkte ihr sogar ein großes Glas eingemachte Süßkirschen, und von Elke bekam sie zwei Glanzbildchen.
»Du kannst heute nachmittag zum Kaffee zu uns kommen, Elke«, sagte Reni wichtig. »Dann sind wir nämlich wieder zu Hause, hat meine Mutti gesagt. Und dann gibt es bei uns eine Torte.«

Es gelang Ulla gerade noch, die Einladung auf den Sonntag zu verschieben, indem sie dem Geburtstagskind klarmachte, daß sie die Torte erst noch backen müsse.
Bei unserer Rückkehr fanden wir Frau Peemöllers Haus ziemlich verwüstet vor. Schränke und Schubladen waren aufgerissen, Stühle umgeworfen. Zerbrochenes und schmutziges Geschirr türmte sich in der Küche. Asche und Zigarettenkippen lagen auf Möbeln und Fußböden. Aber außer dem Radio fehlte nichts. Das Wertvollste hatte Frau Peemöller ja ohnehin auf den Handwagen gepackt.
Zwar vergoß Frau Peemöller einige Tränen über den Verlust ihres Radios und ihr so in Unordnung geratenes Haus, dann aber krempelte sie entschlossen die Ärmel hoch und veranstaltete einen großen Hausputz.
Ulla half ihr, denn in unserem Zimmer war nicht viel aufzuräumen. Die kahle Einrichtung, die Strohsäcke auf den Betten hatten niemanden zum Durchsuchen gereizt.

Der Krieg ist aus

Bald nahm das Leben wieder seinen gewohnten Gang. Carstens machten ihren Laden auf; die notwendigsten Lebensmittel waren gegen Marken erhältlich. Doch es verkehrten noch keine Züge, und die Schulen blieben geschlossen.
Am 8. Mai stürzte Frau Peemüller in unser Zimmer. »Der Krieg ist aus!« rief sie. »Es kam gerade bei Johannsens durchs Radio! Nun könnt ihr ja bald alle nach Hause.«
Aber die Radiomeldungen der nächsten Wochen deuteten nicht auf unsere baldige Rückkehr hin. Die Russen hatten einen Teil des von ihnen besetzten Ostpreußens Polen überlassen. Dafür beanspruchten sie Ostpolen für sich. In das Land, aus dem wir geflüchtet waren, würden nun polnische Vertriebene ziehen.
»Bedeutet das, daß wir nicht mehr nach Rastenburg zurückkönnen?« fragte ich meine Schwester entsetzt.
Ulla antwortete nicht.

Vierzehn Tage nach Kriegsende erschien wieder die Zeitung. Sie umfaßte allerdings nur ein einziges Blatt. Ulla und ich verschlangen die Berichte. Von Kriegsverbrechen der Deutschen war die Rede, von Konzentrationslagern, in denen Millionen zu Tode gekommen waren, von der Massenvernichtung der jüdischen Bevölkerung. Wir waren entsetzt. Mit Scheuklappen waren wir jahrelang herumgelaufen, hatten nicht rechts und nicht links geschaut, sondern statt dessen die Behaglichkeit unseres Familienlebens genossen. »Politik ist was für die da oben, nicht für uns«, hatte Mama oft gesagt, »für uns ist wichtig, daß das Geschäft läuft.«

Zum erstenmal zweifelte ich daran, daß sie recht hatte.

Frau Peemöller begann, mürrisch zu werden. Sie ließ verlauten, wenn sie geahnt hätte, daß es sich um einen Zustand von Dauer handeln würde, hätte sie nie eine Frau mit drei Kindern aufgenommen.

Ich traf Uwe, als ich eine Tasche mit Kartoffeln die Dorfstraße entlangschleppte. Sie waren der Lohn für vier Tage Unkrautjäten in Fräulein Seidlers Garten.

Uwe bremste sein Rad dicht neben mir und sagte vergnügt: »Nun bleibt ihr ja wohl alle hier, nicht?«

Als ich nicht antwortete, meinte er verlegen: »Deine Mutter kommt auch bestimmt bald nach. Gib mal deine Tasche her!«

Er hängte sie an die Lenkstange und fuhr langsam neben mir her, wobei das Rad bedrohlich schlingerte, denn so langsam, wie ich ging, konnte er kaum fahren.

Er brachte mich bis vor Frau Peemöllers Haus. Als ich schon im Vorgarten war, rief er: »Heute abend spielen wir wieder Völkerball. Kannst ja mal rauskommen!«

Mein Herz hüpfte vor Freude. So übel schien er mich ja nicht zu finden, sonst hätte er weder meine Tasche genommen noch mich zum Ballspielen eingeladen.

Doch dann fiel mir ein, daß Elisabeth gesagt hatte, er habe nichts als Sport im Kopf. Wahrscheinlich wußte er von der Schule her, daß ich im Ballspielen ziemlich gut war, und brauchte Verstärkung für seine Mannschaft. Dennoch freute ich mich auf den Abend.

Ball gespielt wurde hinter der Sparkasse, wo schon der Landweg begann.

Als ich ankam, waren mindestens schon zwölf Jungen und Mädchen versammelt. Sie hatten bereits die Mannschaften gewählt.

»Nun man los!« rief Uwe und ließ den Ball ungeduldig auf seiner Hand wippen. »Inge kommt noch zu mir.«
Wir spielten, bis es so dunkel war, daß wir den Ball kaum noch sehen konnten. Dadurch, daß es mir gelungen war, Hauke, den gegnerischen Mannschaftsführer, zu treffen, hatten wir sogar gewinnen können.
Von nun an ging ich öfters zum Völkerballspielen. Wenn ich auf dem Spielfeld herumjagte, vergaß ich mein Heimweh und meine Angst um Mama.
Ich war klein und wendig, wurde kaum getroffen und fing auch die härtesten Bälle. So wurde ich meist als erste gewählt, und wenn wir nach hartem Kampf den letzten Gegner aus dem Spielfeld vertrieben hatten, grinste Uwe mich an und sagte: »Das hätte ich nie gedacht, daß auch Mädchen so gut Völkerball spielen können.«
Ulla saß jetzt oft stundenlang am Fenster und starrte die Straße entlang.
Dann fing sie plötzlich an zu schreiben.
Bei Carstens erstand sie einen Stapel grauer, löschpapierartiger Blätter, die sie Abend für Abend eng mit ihrer schrägen, zierlichen Schrift füllte.
Ich sah ihr über die Schulter. »Mein Liebster«, stand da, oder: »Mein lieber Mann« oder auch nur: »Lieber Bert«.
»Du schreibst ihm Briefe?« fragte ich verblüfft. »Du weißt doch gar nicht, wo er ist!«
»Eben«, sagte Ulla nur.
Viele Abende saß sie bis spät in die Nacht hinein unter der Hängelampe und schrieb. Sie schilderte die einzelnen Etappen unserer Flucht – Blumenau, Pillau, Gotenhafen, die »Wartheland«, Leba, die wechselnden Güter- und Lazarettzüge, die Notunterkünfte.
Wenn ich nicht einschlafen konnte, sah ich ihr von meinem Etagenbett aus zu. Es sah alles ganz friedlich aus – der Lampenschein, Ulla, deren Feder leise über das Papier kratzte, Anne und Reni, die fest schliefen.
Der Krieg war aus. Es würden keine Bomben mehr fallen, keine Panzer würden die Dorfstraße entlangrollen.
Wir waren in Sicherheit. Niemand konnte uns aus diesem Zimmer mit den verschlissenen Vorhängen vor den kleinen Fenstern vertreiben.

Ich dachte an Uwe und unser Völkerballspiel. Und dann dachte ich an Mama, die weit weg in einem Land war, das jetzt zu Polen gehörte. Vielleicht würde ich sie nie wiedersehen.
»Es ist schwer für uns durchzukommen«, schrieb Ulla in ihr Tagebuch. »Es gibt nicht viel in den Geschäften zu kaufen. Aber auch für das Wenige reicht unser Geld nur bei größter Sparsamkeit.«
Seit der Kapitulation, mit Wirkung vom 1. Juni, erhielt Ulla monatlich nur noch sechsunddreißig Mark Unterstützung für sich und für uns Kinder je achtzehn Mark.
Neue Gerüchte gingen um. Die Flüchtlinge, die zurückkehren wollten, sollten in ihre alte Heimat umgesiedelt werden. Westdeutschland war inzwischen so überbevölkert, daß nicht alle Menschen aus dem Osten bleiben konnten.
»Da sind wir dabei«, sagte Ulla entschlossen. »Wenn Rastenburg jetzt auch polnisch verwaltet ist, so bleibt es doch unsere Heimat. Und warum sollte bei einem neuen Anfang nach dem Krieg nicht auch für uns dort Platz sein!«
»Vielleicht sind unsere Geschäfte in Hohenstein gar nicht abgebrannt.« Ich überlegte. Mochten auch die Wohnwagen ausgeplündert sein, für Buden und Karussell hatte sich bestimmt niemand interessiert.
Verlockende Zukunftsbilder stiegen vor mir auf. Wir würden wieder »spielen«. Das Karussell würde sich drehen, Lautsprechermusik über den Platz schallen. Und Mama würde auf der Veranda sitzen und Rosen aus Seidenpapier zupfen.
»Wir müssen natürlich erst auf Papa und Bert warten, ehe wir zurückgehen«, sagte meine Schwester.
Es klang so, als ob sie jeden Augenblick bei uns eintreffen müßten.

Ulla begann, mit unseren wenigen Nahrungsmitteln Vorratswirtschaft zu betreiben. Was haltbar war, sollte »mitgenommen« werden. »Wer weiß, wie es drüben mit der Ernährung aussieht. Da ist es gut, wenn wir etwas in Reserve haben.«
Erbsen, Linsen, Graupen wurden in den Keller gestellt.
Doch dann hörten wir wieder, daß über die Rückkehr der Flüchtlinge noch zwischen den Großmächten verhandelt werden müsse. Zumindest in diesem Jahr sei nicht mehr an eine Umsiedlung zu denken.

So holten wir, da unsere Mahlzeiten ohnehin immer knapper wurden, die Trockenfrüchte wieder hervor.
Frau Peemöller berichtete aufgeregt, es sei gar nicht ausgeschlossen, daß die Russen einen Teil Hamburgs besetzten. Schließlich verlief die Grenze zur russisch besetzten Zone nur wenige Kilometer von uns entfernt. Dann würde Hamburg auch eine geteilte Stadt werden, so wie Berlin.
Inzwischen verkehrten wieder einige Züge, die nicht nur Menschen, sondern auch Briefe beförderten. So gelangte auch in unser Dorf nach Wochen die erste Post. Jedesmal klopfte mein Herz schneller, wenn ich das gelbe Rad der Briefträgerin um die Ecke biegen sah. Aber sie hielt nie bei uns.
Post gab es vor allem für die Einheimischen, deren Männer, Söhne und Brüder aus Gefangenenlagern und Lazaretten schrieben. Die Angehörigen der Flüchtlinge konnten ja nicht wissen, wohin es ihre Familien verschlagen hatte.
Von Frau Johannsen erfuhren wir, daß in Schwarzenbek sieben Lazarettzüge standen. Sie hatte gehört, daß dort immer wieder Frauen durchgingen und nach ihren Angehörigen suchten.
Mit zwei anderen Flüchtlingsfrauen machte sich Ulla noch am selben Tag auf den Weg. Zu den Zügen ließ man sie zwar nicht durch, doch der zuständige englische Arzt notierte sich Papas und Berts Namen und sagte, Ulla solle sich den Bescheid zwei Tage später abholen.

Es war warm und sonnig, als Ulla und ich die Landstraße nach Schwarzenbek entlangwanderten. Bereits gegen vierzehn Uhr kamen wir bei den Lazarettzügen an, doch der englische Arzt war erst ab sechzehn Uhr zu sprechen.
Ungeduldig gingen wir auf und ab. Als ein Sanitäter vorbeikam, sprach Ulla ihn an und erfuhr, das Marinelazarett aus Waren-Müritz sei aus Mecklenburg herausgekommen, der Zug stehe gerade an der Verladestraße. Ich bekam Herzklopfen vor Aufregung. Wenn man alle Kranken mitgenommen hatte, müßte Papa sich jetzt in diesem Zug befinden, nur wenige hundert Meter von uns entfernt.
Es gelang Ulla, einen Sanitäter zu sprechen, der zu dem Zug gehörte. Er sah in der Schreibstube die Namenslisten durch. Papas Name war nicht darunter.

Der englische Arzt teilte uns später mit, weder Papa noch Bert seien in einem der Züge.
Niedergeschlagen machten wir uns auf den Heimweg.
Ulla hatte sich mit Frau Behrend angefreundet, einer Flüchtlingsfrau, die bei Bruhns in einer winzigen Bodenkammer hauste. Sie hatte, genau wie Ulla, ihres Mannes wegen an alle möglichen Stellen geschrieben und wartete genauso sehnsüchtig auf ein Lebenszeichen. Da es ihnen zu lange dauerte, bis die Briefträgerin kam, wechselten sich die beiden Frauen darin ab, früh am Morgen bei der Post vorbeizuschauen und eventuelle Briefe abzuholen. Später ging Eckart, Frau Behrends ältester Sohn, schon nachmittags hin, um nach der Post für den nächsten Tag zu fragen.
Mitte Juni erhielt Frau Behrend die Nachricht, daß sich ihr Mann in einem dänischen Gefangenenlager befand. Wir freuten uns mit ihr, und Ulla schöpfte neuen Mut. Wenn andere Männer Lebenszeichen schickten, warum nicht auch Bert?
Mit dem Zug fuhr sie nach Bergedorf, um in dem dortigen Lazarett nach ihrem Mann zu fragen. Doch Bert war nicht unter den Verwundeten. Es wäre auch ein zu großer Zufall gewesen. Der diensthabende englische Unteroffizier war sehr hilfsbereit und rief im Reinbeker Lazarett an, wenn auch ohne Erfolg. Er gab Ulla die Adressen einiger anderer Lazarette in der britisch-amerikanischen Zone mit, in die Verwundetentransporte aus dem Osten gebracht worden waren.
Meine Schwester schrieb jetzt an das Rote Kreuz, das eine großangelegte Suchaktion gestartet hatte. Von irgendwoher mußte doch einmal eine positive Antwort kommen.

Heimkehrer

Aus den englischen und amerikanischen Gefangenenlagern wurden die ersten deutschen Soldaten entlassen. Auch einige Klein-Lindener kehrten zurück. Die Flüchtlingsfrauen mußten allerdings länger auf ihre Männer warten. Soldaten, die im Osten beheimatet waren, wurden später entlassen. Die Siegermächte gingen davon aus, daß diese Männer sowieso nicht nach Hause zurückkonnten. Da konnten sie auch noch einige Zeit im Lager bleiben.

Die ersten Bauern kehrten heim. Sie trieben morgens die Kühe auf die Weiden, häufelten die Kartoffeln an und mähten die Wiesen, als hätte es nie Krieg gegeben.
Der Juni war warm und trocken, ideal für das Heu. Hochbeladene Erntewagen polterten abends die Dorfstraße entlang, eine Spur getrockneter Halme hinter sich lassend.
Manchmal fiel sogar ein ganzes Büschel herunter, das Frau Peemöller rasch aufsammelte.
»Für die Karnickel!« erklärte sie.
Der würzige Duft von getrockneten Wiesenblumen legte sich über das Dorf. Wir schliefen nachts bei geöffnetem Fenster, eine Verdunkelung war nicht mehr nötig.
Dann schlug das Wetter um. Es begann zu regnen, langsam und gleichmäßig, ein richtiger Landregen, gut für die fast ausgetrockneten Kartoffeln.
In der ersten Regennacht träumte ich von zu Hause. Wir hatten in Omas Garten Johannisbeeren gepflückt. Alle waren sie dabei: Mama, Papa, Oma, die Tanten und Bert. Wir saßen im Halbkreis auf dem Hof und streiften die glänzenden roten Beeren von den Rispen. Mama und die Tanten sangen: »Kein schöner Land . . .« Papa und Bert summten leise mit.
Als ich aufwachte, war der Himmel grau, die sandige Dorfstraße mit den verstreuten Heuhalmen durchgeweicht, die Bauernrosen im Vorgarten zerzaust und unansehnlich.
Ulla war trotz des Regens schon mit Frau Johannsen nach Schwarzenbek gefahren. So machte ich das Frühstück für die Kleinen und mich und erzählte Frau Peemöller, die in der Küche herumwerkte, meinen Traum.
Frau Peemöller machte ein sorgenvolles Gesicht. »Oje, oje, wenn das man nichts zu bedeuten hat! Man sagt, wenn man von Toten träumt, regnet es.«
Mir lief es eiskalt über den Rücken. Ob mein Traum ein Zeichen gewesen war? Wollte mir der Himmel zeigen, daß sie alle tot waren?
Ich hielt es in der Küche nicht mehr aus, lieh mir Frau Peemöllers Regenschirm und lief zu Carstens. Dort fragte ich, ob sie Briefpapier hereinbekommen hätten. Dabei wußte ich genau, daß neue Ware erst nächste Woche kommen würde.
Als ich wieder aus dem Laden trat, kam Uwe mit dem Handwagen um die Ecke. Er sah aus wie aus dem Wasser gezogen.

»Hallo!« sagte er erfreut. »Tolles Wetter, was? Ideal zum Völkerballspielen.« Lachend reckte er die nassen Arme.
Ich war nicht auf Scherze eingestellt. Mein Traum und Frau Peemöllers Deutung machten mir noch zu schaffen.
»Ist was?« fragte Uwe erstaunt, als er mein bedrücktes Gesicht sah.
Selbst auf die Gefahr hin, ausgelacht zu werden, erzählte ich ihm von Frau Peemöllers Prophezeiung.
»Glaubst du auch, daß sie alle tot sind?«
Uwe machte eine geringschätzige Handbewegung. »Alles Spökenkiekerei. Glaub' ich kein Wort von. Hat es denn immer geregnet, wenn du von deinen Verwandten geträumt hast?«
Ich schüttelte den Kopf.
»Siehste!« sagte Uwe zufrieden. »Das mit dem Regen ist nichts wie Spökenkiekerei.«
»Aber«, meinte ich unsicher, »es kann doch inzwischen etwas passiert sein.«
»Wo der Krieg schon lange zu Ende ist? Quatsch! – Wirst mal sehen, bald kriegst du Post.«

Zwei Tage später kam tatsächlich ein Brief von Papa. Mir fiel ein Stein vom Herzen. Uwe hatte recht gehabt. Frau Peemöllers Prophezeiung nach meinem Regentraum hatte sich als Aberglaube herausgestellt. Papa lebte, und vielleicht würden wir auch bald etwas von Mama und Bert hören.
Unser Vater war jetzt in einem Gefangenenlager in Lensahn bei Kellenhusen, das schon zur britischen Zone gehörte. Wie er schrieb, hatte er seine Lungenentzündung auskuriert, kochte Brennesselspinat gegen den größten Hunger und hatte sich einen Spitzbart wachsen lassen.
Papa schien ganz optimistisch. Er glaubte fest, daß Mama und Bert noch lebten und wir bald alle zusammenkommen würden. »Nach Rastenburg können wir wohl vorerst nicht zurück«, schrieb unser Vater. »Dann werden wir uns eben in Holstein wiedersehen.«
Er riet uns, Ähren lesen zu gehen, damit wir im Winter etwas zu essen hätten.
Daran hatten wir auch schon gedacht. Die Getreideernte hatte begonnen, und Frau Peemöller, die von morgens bis abends

auf den Feldern war, hatte bereits fünfzehn Pfund Roggenkörner gesammelt.
Ulla nähte für uns aus einem Strohsack vier Beutel, die wir uns an einer langen Schnur um den Hals hängten.
In der Nachbarschaft borgten wir Scheren aus, und dann zogen wir viele Nachmittage lang über die glühendheißen Stoppelfelder.
Da wir jede nur ein Paar Schuhe besaßen, das für den Winter geschont werden mußte, liefen wir im Sommer fast immer barfuß, was auf den spitzen Stoppeln kein Vergnügen war. Man mußte sehr vorsichtig gehen und versuchen, beim Auftreten die Stoppeln möglichst umzuknicken. Da wir dabei unser Augenmerk mehr auf unsere Füße als auf die Ähren richteten, zogen wir schließlich doch wieder Schuhe an.
Natürlich waren wir nicht die einzigen, die sammelten. Einheimische, Flüchtlinge und ein großer Schwarm Hamburger, die morgens mit dem ersten Zug kamen, verteilten sich über jedes abgeerntete Kornfeld. Während die Erntewagen, mit Garben hochbeladen, zu den Höfen fuhren, hoben wir die zurückgebliebenen Halme auf, schnitten die Ähren ab und legten sie in den Beutel. Es war eine mühselige Arbeit, stundenlang in gebückter Haltung über die Felder zu wandern. Aber es lohnte sich.
Wenn wir abends nicht zu müde waren, droschen wir das Korn gleich aus. Wir schütteten die Ähren in einen Sack und schlugen mit Knüppeln darauf. Danach wurde alles in eine große Schüssel geschüttet, und die leeren Hülsen wurden herausgesammelt. Schließlich fehlte nur noch ein günstiger Wind. Wir stellten uns abwechselnd in die Windrichtung und schütteten das Getreide von einer Schüssel in die andere, wobei die Grannen und Spelzen im Wind davonstoben und am Schluß nur noch saubere, glatte Körner zurückblieben. Hieraus wollten wir Brot backen. Es gab jedoch Schwierigkeiten, das Korn schroten zu lassen.
Der Müller erklärte, ihm sei verboten, »illegal« Korn zu verarbeiten.
So galt es, Beziehungen zu einem der Bauern anzuknüpfen, die alle eigene kleine Schrotmühlen besaßen und heimlich Brot in ihren großen Küchenherden buken. Einen Beutel voll Korn schrotete uns schließlich Frau Hinrichs, allerdings

mit dem Hinweis, daß wir das restliche Korn lieber für den Winter lassen sollten.
Dann würde es sicher auch der Müller mahlen.
Das Getreide in Deutschland war sehr knapp geworden. Wir mußten lange beim Bäcker anstehen, um unsere Brotration zu bekommen, die meist aus klebrigem, gelbem Maisbrot bestand. Es schmeckte nur erträglich, wenn es noch warm war. Es gab auch kaum Kartoffeln mehr. Die alten waren aufgegessen, und die neuen konnten noch nicht geerntet werden. So kochte Ulla uns jeden Abend abwechselnd einen Teller Grütze und Schrotbrei, über den sie Zucker streute oder Milch goß, damit er besser schmeckte. Der Getreidebrei sättigte unwahrscheinlich. Wenn wir in der Küche die Teller spülten und die Essensreste in eine Schüssel füllten, sagte Ulla oft: »Wenn wir davon nur den anderen etwas abgeben könnten.«
Und wir dachten an Papa mit dem Brennesselspinat und an Mama und Bert, die jetzt vielleicht hungerten.

An einem warmen Augustabend saßen wir mit vollen Bäuchen vor unseren nur halbgeleerten Tellern. Anne meinte: »Heute würde der Brei aber noch gut für den Opi reichen.«
Da sah ich ihn durch das niedrige Fenster. Er stand an der Gartentür, die Mütze in der Hand, und wischte sich den Schweiß von der Stirn – ein kleiner, müder, kahlköpfiger Mann mit weißem Spitzbart und verblichener, grauer Soldatenkleidung.
Ich hätte ihn fast nicht wiedererkannt.
»Papa!« schrie Ulla und stürzte nach draußen. Die Kinder und ich folgten langsam.
So lange hatte ich auf diesen Tag gewartet. Jetzt fühlte ich mich sonderbar gleichgültig und unberührt, fast als stünde ein fremder Soldat am Gartentor.
Papa umarmte erst Ulla und die Kleinen. Dann schaute er mich an. Er kniff die Augen zusammen und schob mich ein Stück von sich weg, um mich genau zu betrachten. »Nein«, sagte er schließlich ungläubig, »was bist du groß geworden!«
Das war das Schönste, was er mir sagen konnte.
Ich küßte ihn, und plötzlich war das Gefühl der Fremdheit fort. Papa war heimgekehrt. Wie mager er war! Aber wir würden schon dafür sorgen, daß er wieder zu Kräften kam.

Papa erholte sich tatsächlich rasch. Sein Verfall war nur äußerlich. Innerlich war er jung und unternehmungslustig.
Schon am ersten Morgen rasierte er sich den Bart ab, nachdem Ulla ihm versichert hatte, er mache ihn mindestens um zehn Jahre älter, und unternahm einen ausgedehnten Spaziergang in die Umgebung, während wir alle noch schliefen. Papa war schon immer ein Frühaufsteher gewesen.
Mit allerhand Holz und einem großen Feldblumenstrauß erschien er am Frühstückstisch. Er roch nach frischer Luft und strahlte gute Laune aus. »Eine schöne Gegend, in der ihr wohnt«, sagte er, »fast wie zu Hause.«
In kurzer Zeit schnitzte er aus dem mitgebrachten Holz mehrere Kochlöffel und einen Quirl, fertigte eine kleine Fußbank für Reni und ein Holzkistchen für Anne an.
Frau Peemöllers Laune war auf dem Nullpunkt angelangt. Da hatte sie aus lauter Gutmütigkeit eine Frau mit drei Kindern aufgenommen, und nun kam auch noch die Verwandtschaft an. Widerwillig rückte sie einen weiteren Stuhl heraus, denn Papa konnte beim Essen schlecht auf dem Fußboden sitzen.
Es wurde eng in unserem kleinen Zimmer. Ulla und die Kinder schliefen jetzt zu dritt in dem großen Bett, damit ein Luftschutzbett für Papa frei wurde.
Aber es tat gut, Papa dazuhaben. Er kümmerte sich um unsere Versorgung mit Nahrungsmitteln und machte Frau Peemöller klar, daß wir dringend einen eigenen Verschlag im Stall für unsere Vorräte brauchten. Er ging mit uns Brombeeren pflücken und zeigte uns, wie man die Hacke halten mußte, um auf den abgeernteten Feldern übriggebliebene Kartoffeln aus der Erde zu holen. Dann sorgte er dafür, daß sie erst in der Sonne trockneten, ehe wir sie im Stall übereinanderschütteten. Vor allem paßte er auf, wann wieder ein Feld leer war, denn in den ersten Tagen der Ernte waren wir oft zu spät gekommen.
An den Feldern warteten stundenlang die Städter. Sowie der letzte mit Kartoffeln beladene Ackerwagen das Feld verließ, zogen sie wie ein Schwarm Krähen über das leere Feld. Beim Anblick der verbissen mit Hacke und Forke arbeitenden Massen geriet ich jedesmal in Panik und fürchtete, daß für uns nichts übrigbleiben würde, denn in kurzer Zeit war der Acker von emsigen Händen ein zweitesmal durchwühlt.

Aber Papa beruhigte mich: »Wir sind hier doch sozusagen an der Quelle. Wenn wir nicht satt werden, wer sollte es denn? Und bedenke, wie die Stadtleute sich plagen müssen – die schweren Säcke erst zum Bahnhof schleppen, dann in den überfüllten Zug und dann noch nach Hause. Und wir . . .!«
Wir hatten es tatsächlich besser. Für den Heimtransport der Kartoffeln liehen wir uns Johannsens Handwagen, da hatte sogar noch Reni oben Platz, und damit ging es im Nu die Feldwege entlang.
Papa machte mehrere Besuche beim Müller, der schließlich »unter der Hand« unser ganzes Korn schrotete und ihm sogar eine alte blaue Jacke schenkte.
Es war inzwischen verboten, Soldatenkleidung zu tragen. Aber unser Vater besaß nichts anderes. Der Müller riet ihm, die feldgrauen Sachen zu färben. So besorgte Ulla in der Drogerie ein Färbemittel und weichte die Uniform über Nacht ein. Sie wurde braun und konnte nun unbesorgt getragen werden.
Als der Müller auch einen abgelegten Pullover verschenkte, konnte ich mich nur wundern. Zu Ulla und mir war er immer so unfreundlich gewesen. Zu gern hätte ich gewußt, was unser Vater ihm alles erzählt hatte.
Saßen wir abends zusammen, machte Papa Pläne für die Zukunft. Wenn erst Mama und Bert da wären – und bis dahin würde es sicher nicht mehr lange dauern –, würde man zunächst mit dem Kasper anfangen.
»Die Zeit ist wie geschaffen dafür«, versicherte Papa. »Die Leute wollen wieder etwas zu lachen haben. Und das können sie bei uns für nur eine Reichsmark Eintritt.«
Ullas Einwände, wir hätten keine Bühne, keine Figuren, kein Fahrzeug, um über die Dörfer zu ziehen, schob er mit einer Handbewegung beiseite.
»Die Bühne werde ich selbst schreinern. Ich war schon bei dem Förster wegen Holz. Morgen schreibe ich an Herrn Fronleitner, damit er uns die Kasperfiguren schickt. Und zum Überlandfahren brauchen wir uns nur einen Pferdewagen zu mieten.«
Herr Fronleitner war ein bayerischer Holzschnitzer, den unser Vater im Gefangenenlager kennengelernt hatte. Er hatte sich schon dort bereit erklärt, die Puppenköpfe anzufertigen.

Wenn auch von der Erntearbeit nicht minder müde als wir, blieb Papa abends noch lange auf und schrieb aus dem Gedächtnis eines der zugkräftigsten Kasperstücke auf. Er hatte allerdings vergessen, daß er die Leute, vor allem die Kinder, zum Lachen bringen wollte, denn er begann mit dem Gruselstück »Der wilde Räuber Jaromir«. Zumindest den kleinen Zuschauern würden in manchen Szenen Angstschauer über den Rücken laufen, wenn sich auch zum Schluß alles in Wohlgefallen auflöste.
Zum Proben war Ulla noch nicht bereit. Das erschien ihr nun doch verfrüht. Aber Papa deklamierte bereits und sprach abwechselnd den Baron Egon und den wilden Jaromir, letzteren zum Vergnügen unserer Kleinen mit verstellter Stimme.
Es war fast wieder wie früher. Papas Optimismus steckte uns alle an. Ulla sang wieder: »Man muß nicht immer schwarzsehn . . .« und kochte viele Flaschen Fliederbeersaft für den Winter ein.
Die Beeren wuchsen in verschwenderischer Pracht in den zahlreichen Knicks, den dichten Baum- und Buschhecken, die die einzelnen Felder abgrenzten. Von den Einheimischen jahrelang unbeachtet, man hatte genug wohlschmeckendere Beeren im Garten, diente der Fliederbeersaft den Flüchtlingen zur Verfeinerung von Schrotbrei und Grütze und als vitaminreiches Heißgetränk gegen Fieber und Erkältungskrankheiten.
Ulla kochte Fliederbeersuppe mit Klößen und Apfelscheiben und lobte die mit Dolden hochgefüllten Körbe, die wir von unseren Streifzügen mitbrachten.

Novemberorakel

Es war inzwischen herbstlich kühl geworden. Ein kräftiger Wind fegte gelbe Blätter von den Bäumen, und die Dorfkinder ließen auf den Stoppelfeldern Drachen fliegen. Anne und Reni bettelten so lange, bis Papa ihnen auch einen Drachen bastelte.
Zum Völkerballspielen kamen wir Älteren nur noch selten. Es wurde schon früh dunkel, und diejenigen von uns, die den Bauern bei der Kartoffelernte halfen, waren erst spät mit der Arbeit fertig.

Auch ich hatte mich bei mehreren Bauern als Hilfe angeboten, war aber überall fortgeschickt worden.
Frau Bruhn hatte gemeint: »Du bist ja man noch viel zu mager. Guck mal deine dünnen Arme an. Wie willst du die schweren Körbe schleppen!«
Uwe sah ich nur noch gelegentlich. Auch er half bei der Feldarbeit, und am Wochenende fuhr er, statt Völkerball zu spielen, meist mit Hauke Mainz und Jens Bruhn Boot. Sie hatten sich zu den zigarrenförmigen Benzinkanistern, die die Flugzeuge im Frühjahr abgeworfen hatten, Paddel angefertigt und veranstalteten nun Wettfahrten auf dem Mühlenteich. Nie nahmen sie jemanden in ihren Booten mit, selbst wenn sie noch so sehr darum gebeten wurden. Auch Elisabeth hatte kein Glück, weder bei Jens und Hauke noch – zu meiner Erleichterung – bei Uwe.

Es wurde November. Graue Nebel, die sich nur zögernd auflösten, hingen über den Feldern.
Die Erntezeit war vorbei.
Die wenigen Fliederbeeren in den Baumkronen, die auch die geschicktesten Pflücker nicht erreicht hatten, hingen verdorrt zwischen spärlichen Laubresten.
In den Knicks suchten wir jetzt nach Schlehen, den schwarzblauen, stark bereiften Früchten des Schwarzdorns, die erst nach dem ersten Nachtfrost genießbar waren.
Papas Beredsamkeit war es zu verdanken, daß wir in Frau Peemöllers Backofen ab und an zum Wochenende Brot backen durften, dessen köstlicher Duft durch das ganze Haus zog. Es schmeckte besser als jedes Brot, das wir bisher beim Bäcker gekauft hatten.
Wir gingen allerdings sparsam mit unseren Schrotvorräten um. Der Winter hatte noch nicht einmal angefangen, und es sollte noch genug zu essen da sein, wenn Mama und Bert endlich kamen.
Papa war auch nach der Ernte sehr beschäftigt. Er hatte vom Förster zwei Fichten zugewiesen bekommen, die er selbst fällen mußte. Nachdem er sie entnadelt hatte, lieh er sich von Hinrichs Pferd und Wagen, fuhr die Bäume nach Schwarzenbek in die Sägemühle und ließ sie dort zu Brettern, Kanthölzern und Leisten schneiden.

Daraus schreinerte er eine Bühne und zwei Kisten für Requisiten, Leinwand und Figuren. Es blieb noch Holz übrig, aus dem er zwei Stühle und ein Regal anfertigte.
Aus Bayern kamen in einem großen Paket die ersten Kasperköpfe: Gretel, Polizist, Großmutter, König und Prinzessin, Hexe, Krokodil und Teufel. Sie waren aus Pappmaché, da gutes Holz noch knapp war. Nur die Hauptfigur, der Kasper, war aus Holz geschnitzt.
Irgendwo hatte Papa graue Leinwand aufgetrieben, die der Sattler für Geld und gute Worte sowie einen Sack Kartoffeln für unsere Bühne nähte.
Nun ging es um die Kleidung für die Puppen.
Kurz vor Kriegsende hatte noch eine Sammelaktion von Lumpen und alten Kleidungsstücken zur Wiederverwertung stattgefunden. Diese lagen jetzt in einem Raum der stillgelegten alten Bäckerei. Mehrere Nachmittage gingen wir dorthin und wühlten. Unter zerrissenen Jacken und Röcken fanden wir auch einige feste Stoffe, Samt- und Seidenreste sowie etwas Goldflitter. Hieraus nähte uns Frau Standt, eine alte, ostpreußische Schneiderin, die prächtigsten Kostüme.
Es gab mir jedesmal einen Stich, wenn ich Frau Standt bei der Arbeit sah. Früher hatte Mama die Kostüme für die Puppen genäht.

Eines Nachmittags klopfte Frau Behrend an unsere Tür.
»Ich habe von einem Orakel gehört«, meinte sie mit etwas verlegenem Lächeln. »Natürlich glaube ich nicht daran. Aber bei mir ging die Probe positiv aus. Darum möchte ich sie ihnen nicht vorenthalten. Es ist nämlich so: Wenn man seinen Ehering an einem Haar über das Foto des Mannes hängt, und der Ring bewegt sich, dann soll das ein Zeichen dafür sein, daß der Mann lebt.«
»Und wenn er sich nicht bewegt?« fragte ich entsetzt.
»Ja«, murmelte Frau Behrend, »es ist ja natürlich alles Unsinn. Aber über den Bildern meines Mannes und meiner Brüder hat sich der Ring bewegt. Und das gibt eben wieder etwas Hoffnung.«
Ulla vergewisserte sich, daß Papa und die Kleinen nicht in der Nähe waren, riß sich ein Haar aus und legte die Fotos von Bert und Mama auf den Tisch.

Ich konnte es nicht fassen. Meine Schwester, die alles Übersinnliche immer weit von sich gewiesen, die das Silvesterorakel und das Kartenlegen der Tanten verspottet hatte, baute jetzt ihre Hoffnung auf dieses fragwürdige Experiment. Mit klopfendem Herzen sah ich ihr zu. Lieber Gott, dachte ich, laß den Ring sich bewegen!
Ullas Hand zitterte leicht, als sie das Haar mit dem Ring daran über die Fotos hielt. Über Berts Bild pendelte der Ring nur schwach, und über Mamas hielt er ganz an.
Ich merkte, wie meine Handflächen feucht wurden. Frau Behrend räusperte sich: »Ich hatte ja gleich gesagt, es ist natürlich alles Unsinn.«
Ulla hob den Kopf. »Das ist das erste und letzte Mal, daß ich solchen Hokuspokus mitgemacht habe. Wenn ich das später Bert erzähle, wird er meinen, ich spinne.«
Sie packte energisch die Bilder weg und steckte den Ring wieder an den Finger. Zu mir sagte sie: »Denk lieber daran, wie aktiv Mama immer gewesen ist. Sie ist bestimmt irgendwie durchgekommen.«
Unser Vater nahm keine Zuflucht zu Orakeln, blieb aber weiterhin optimistisch. Obwohl wir nach wie vor kein Lebenszeichen von Mama hatten, rechnete er täglich mit ihrer Ankunft.
Zweimal am Tag hielt ein Zug aus Hamburg in Klein-Linden. Und jedesmal ging Papa zum Bahnhof, um zu sehen, ob seine Frau vielleicht mitgekommen sei.
»Es ist völlig verrückt«, ärgerte sich Ulla. »Du verschwendest nur deine Zeit.«
Aber Papa ließ sich nicht beirren.
Zeit hatte er genug.
Während Papa seine Hoffnung auf die Züge aus Hamburg setzte, setzte ich meine weiterhin auf die Post.
Eine Frau in unserem Dorf hatte kürzlich einen Brief aus Schlesien erhalten. Warum sollte da nicht auch ein Brief aus Ostpreußen kommen!
Eckart Behrend und ich wechselten uns jetzt damit ab, nachmittags in Steenbergs Gasthof nach der Post für den nächsten Tag zu fragen. Es war selten etwas für uns dabei: gelegentlich eine Karte aus Berlin oder irgendein belangloses, amtliches Schreiben.

An einem trüben Samstagnachmittag brachte Eckart wieder einen Brief von Tante Anni. Ulla und ich saßen gerade am Kaffeetisch. Anne und Reni waren bei Johannsens, und Papa hatte sich, wie immer um diese Zeit, auf den Weg zum Bahnhof gemacht.
»Wieder nur aus Berlin«, sagte Ulla enttäuscht und öffnete den Brief.
Ich schaute ihr über die Schulter, um gleich mitzulesen. Dann schrien wir gleichzeitig auf. In dem Briefumschlag lag ein weiterer. Und dieser trug unverkennbar Mamas Schriftzüge. Mama lebte und hatte uns geschrieben!
Die Buchstaben vor meinen Augen begannen zu verschwimmen, als Ulla mit zitternder Stimme las:
»Meine lieben Kinder! Ich hoffe sehr, daß Ihr wohlbehalten bei Tante Anni angekommen seid und daß es Euch gutgeht. Bei uns verkehren jetzt wieder die Züge, und so ist zu hoffen, daß mein Brief Euch auch erreicht.
Wie Ihr dem Absender entnehmen könnt, sind wir immer noch in Rastenburg. Aber ich hoffe sehr, daß ich bald zu Euch kommen kann. Einige unserer Bekannten sind schon heimlich über die Grenze gegangen.
Habt ihr inzwischen Nachricht von Papa und Bert? Schreibt es mir gleich! Über den Verbleib deutscher Soldaten ist hier nichts zu erfahren.
Nach Eurer Abreise ging kein Zug mehr, und vier Tage später waren schon die Russen da. Kurz vor dem Einmarsch der Russen explodierte die auf dem Marktplatz gelagerte Munition. Dadurch platzten in unserem Haus die Fensterscheiben, und die Mauern bekamen Risse. Wir zogen darum nach gegenüber zu Frau Endrekat. Am Abend sahen wir unser Haus brennen. Vermutlich hatte jemand Feuer gelegt. Oma hat sich das alles so zu Herzen genommen, daß sie kurz darauf starb. Wegen der harten, gefrorenen Erde konnten wir sie erst im Frühjahr auf unserem Acker begraben. Bis dahin hatten wir sie in einer Holzkiste auf dem Hof aufgebahrt.«
Ulla, deren Stimme immer leiser geworden war, stockte und ließ den Brief sinken.
Oma war tot. Ihr Haus gab es nicht mehr. Ich versuchte, mir unser Wohnzimmer vorzustellen: den Kachelofen, in dem die Äpfel schmorten, die Lampe, unter der ich meine Schularbei-

ten gemacht hatte. Aber ich sah nur den fahlen, novembernassen Acker und Oma, die mit wächsernem Gesicht in einer Holzkiste lag.

»Wir hatten Glück, daß Frau Endrekats Haus in einem Garten mit hohen Bäumen liegt«, las Ulla weiter. »Man kann es von der Straße her kaum sehen. So kamen wir heil durch die erste schlimme Zeit, in der auch Frauen in unserem Alter nach Sibirien verschleppt wurden. Später wurde die deutsche Bevölkerung zur Arbeit eingeteilt. Lene, Liese und ich hatten Glück und kamen in eine Bäckerei. Die Arbeit, besonders das Brotteigkneten, ist zwar schwer, aber wir haben wenigstens genug zu essen. Der polnische Meister, der die Bäckerei übernommen hat, ist nicht unfreundlich und gibt uns soviel Brot mit, daß es auch noch für Frau Handke reicht. Viele unserer Freunde und Bekannten, ich kann sie gar nicht alle aufzählen, leben nicht mehr. Berts Schwester Grete wurde von Granatsplittern getroffen, als sie mit ihrer Mutter versuchte, zu Fuß aus Barten zu flüchten. Die Mutter hat seitdem niemand mehr gesehen. Doktor Dietzmann hat sich mit seiner ganzen Familie vergiftet, Frau Müller mit ihren fünf Kindern erhängt. Rosel und Bärbel Jandoleit, die hier schon Furchtbares durchgemacht haben, sind zur Zwangsarbeit nach Rußland abtransportiert worden. Ihre Mutter hat sich die Pulsadern aufgeschnitten.

Jetzt gehen Seuchen bei uns um. Krankenhaus und Friedhof sind überfüllt. Wer stirbt, kommt ins Massengrab. Lore und ihr Bruder hatten sich mit Typhus angesteckt. Als ihre Mutter sie vor drei Tagen im Krankenhaus besuchte, ging es ihnen schon sehr schlecht. Sie durfte aber nicht bei ihnen bleiben. Als sie gestern am Besuchstag hinkam, waren beide schon fort in irgendeinem Massengrab. Die Mutter konnte nicht einmal ein paar Blumen hinlegen.«

Ulla ließ den Brief sinken. Sie sprach kein Wort. Reni stürmte ins Zimmer und überschüttete Ulla mit einem erregten Wortschwall. Irgend jemand hatte sie mit irgend etwas ganz fürchterlich gekränkt.

Während Ulla beruhigend auf sie einredete, schlich ich hinaus. Ich hatte das Gefühl, ich müßte in dem engen Zimmer ersticken. Vermißt, verschleppt, im Massengrab – das war aus denen geworden, die ich gekannt und geliebt hatte.

Die Straße war leer. Es hatte angefangen zu nieseln.
Von Carstens her sah ich Uwe herüberschlendern. Er hielt den Ball in der Hand.
Ich blieb am Gartentor stehen.
»He, fang!« rief er und warf den Ball in meine Richtung. Ich rührte mich nicht.
»Was ist los?« fragte er besorgt und kam näher.
»Mama hat geschrieben«, sagte ich mühsam. »Sie sind alle tot. Oma, Lore, Siegfried, Frau Jandoleit – alle.«
Uwe schwieg und kniff die Augen zusammen.
»Aber deine Mutter lebt?« fragte er schließlich.
»Ja«, sagte ich, »meine Mutter lebt.«
Es durchfuhr mich warm. Mama lebte. Sie schlief in Frau Endrekats Haus, backte Brot für Polen und Deutsche und wollte bald zu uns kommen.
Uwe hob den Ball auf. »Wollen wir Boot fahren?«
Ich nickte.
Langsam gingen wir die Dorfstraße hinunter zum nahen Mühlenteich.